NTHOLOGY1 YUKINO side
果然我的
青春戀愛
劇搞錯
Antho
My you
wrong a
Antholog
雪

Contents

design:numata rina

那個答案隨風而逝。

插畫：切符　石川博品

「自閉男，你真的很噁……」

「虧你會有那麼噁心的想法。真想敲破你的腦袋看看裡面——不，還是算了。反正裡面裝的東西也一樣噁心。」

被人罵成這樣，無地自容的我，衝出侍奉社社辦。

哪句話是誰說的，應該不用我說明吧。簡單卻直擊心臟的那句是由比濱，冗長又直擊心臟的那句是雪之下。

我忽然想到，我身邊的女性都是唱出來的歌詞（在不好的意義上）會直擊心臟的宛如奈奈的存在耶……不如說，多達半數的人類都是奈奈。我看地球乾脆改名叫水樹奈奈座長公演「水樹奈奈縱情歌唱（註1）」好了。總有一天，跟外星人自我介紹

註1　水樹奈奈的個人演唱會名稱。

的時候我要說「您好，我是來自水樹奈奈座長公演『水樹奈奈縱情歌唱』的比企谷八幡」，對方可能會嚇得心想「這傢伙住的星球的統治者自我主張欲超強的」。

我擺脫的不是地球引力，而是社辦的引力，但我不知道要去哪裡，便決定先去二年F班的教室看看。

天氣很熱，因此我打開窗戶，風灌進空蕩蕩的教室，把窗簾整個吹起來。

我隨便找了個位子坐，環視教室內的桌椅。眼角餘光瞥見窗外滿溢夏日陽光的景色，導致沒開燈的教室顯得更加昏暗。

現在這情況讓我想起……放學後，跟我單戀的她告白的那一天……呃，這也是會直擊心臟的情境。

過去和現在都在對我的心靈造成傷害。如果我是史古基，八成會在未來的幽靈造訪前就心碎。（註2）

我晃著雙腿沉思。

仔細一想……為什麼我剛剛非得被由比濱和雪之下罵成那樣？

我只是說了句「我覺得千葉君（註3）好色」啊。

註2　梗出自《小氣財神》。主角史古基在過去、現在、未來的聖誕幽靈出現後痛改前非。
註3　千葉的吉祥物。

因為，那東西怎麼看都是用來挑起性慾的吧？全身紅色明顯是發情的證據。許多動物到了發情期體色都會變鮮豔。有一種說法是女性用紅色的口紅和腮紅，也是因為能藉由類似發情的表情吸引異性或同性的目光。

除此之外，從嘴巴吐出來的舌頭、往上翹的鼻子——肯定也是在暗喻某種突起物。

再加上千葉君的布偶裝和圖片的風格不同，肉肉的，看起來超好抱。當面看到他，應該沒多少人有辦法抵抗那肉感的魅力。

而且cheeba（千葉）一詞在英文中是大麻的俗稱。既然如此，我不得不斷定那傢伙等於是會行走的快樂物質。

——我滔滔不絕地述說完以上的意見時，社辦的空氣降到冰點。

在法國大革命的慶功宴不小心說了句「不覺得瑪麗·安東妮挺可愛的嗎？」氣氛大概都不會這麼僵。

不過瑪麗真的很可愛。最後還會覺醒成王妃。《凡爾賽玫瑰》我整套都看過了，所以我很懂這方面。我有自信就算我在這個瞬間轉生到那個時代，也會從比企谷八幡變成神祕的沒落貴族羅蘭·德·戈利拉（註4）存活下來。

註4 Lowland gorilla 為低地大猩猩的英文。

我懷著這樣的心情，產生看見三色旗在遠方法國的天空隨風飄揚的幻覺，就在這時。

「八幡，你為何在此處徬徨？」

有個人影站在教室門口。在這個大熱天穿大衣戴露指手套，光看到他的身影就覺得熱。

「喔，是材木座啊。」

我一叫他的名字，那傢伙就往這邊走過來，不知為何看起來有點高興。

「順帶一提，八幡啊，徬這個字是指人牽著一隻牛在旁邊走——」

「啊，不用跟我說明。」

中二病喜歡用複雜的詞彙，一有機會就會用在對話中，想跟人說明語源。至於我為什麼知道呢，因為我也曾經罹患那種病（用罹患這個詞就是）。國中寫的作文滿是漢字，悽慘無比。「附近的吉娃娃在咆哮」、「在公園跌倒的小孩慟哭著」、「地面的螞蟻專橫跋扈」，跟魔界一樣的城市出現在稿紙上。

材木座坐到我旁邊的座位，壓得桌子吱嘎作響。

「你有煩惱嗎？不妨和吾談談，強敵（吾友）啊。劍豪將軍的意見箱一直是開放狀態喔。」

我真的很不擅長應付這種「男人間的友情」的調調。

跟材木座商量侍奉社那件事，八成不會得到有用的意見。畢竟這傢伙比我還廢。

然而，有點想看他的廢物樣的邪惡想法浮現腦海。

「其實……這樣這樣那樣那樣如此這般欲窮千里目自掛東南枝。」

「唔……」

材木座抱著胳膊，閉目沉思了一段時間。看來他思考得比我想像中還認真。我有點愧疚。

不久後，材木座瞬間瞪大眼睛。

「八幡，你…………原來是獸控嗎？」

「嗯？」

我歪過頭。把我剛才的愧疚之情還來。

材木座把手放到我肩上。

「沒事沒事。別看我這樣，我也懂你這類型的人。輕小說家必須精通各種性癖。」

「輕小說家還真辛苦。」

總覺得我想表達的意思完全沒傳達給他。

「不過……先不說你的性癖，被兩位女性嘲笑卻選擇忍氣吞聲，有點窩囊喔。你就不能抬頭挺胸地反駁『單純的獸耳娘不行，我只會對有動物口鼻的真正獸人興奮！』嗎？」

「呃，我不喜歡那種——」

「堂堂男子漢豈能如此軟弱！給我直接回嗆她們！」
「別強人所難了。那你有種當面和由比濱跟雪之下嗆聲嗎？」
聽見我的問題，材木座「呵」笑了聲。
「你覺得想當輕小說家的人有辦法嗆女生嗎？」
「輕小說家還真辛苦。」
「再說，我不擅長跟那兩個人相處。尤其是雪之下這位女士，老實說有點可怕。」
這傢伙果然很廢。一點用都沒有。
我開始覺得自己像個白痴，站起來望向窗外。
尖銳的笑聲傳入耳中。往下面看過去，打扮得花枝招展的三位少女邊聊天邊走向校門口。
我靈機一動，拿出手機。現在時間下午三點四十分。
「看那個位置……是時候了……」
「什麼東西？」
材木座走到我旁邊。
我指向地面。
「看得見那三個女生嗎？」
「嗯。」

「十五秒後，那三個人內褲會被看光光。」

「說什麼蠢話。」

材木座傻眼地搖頭說道：「現在這個時代，連爆死的動畫都不會隨便發生幸運色狼事件。八幡，你因為太過憎惡女人而發瘋了嗎？你就是因為這樣才會──」

這時，一陣風吹起。

伴隨呼嘯而過的風聲撼動校舍。我背後的窗簾甚至被吹到天花板上。

尖叫聲響起。

「哇──！」

「這是怎樣啦～」

「討厭～」

地上的三人用雙手按住快被吹起來的裙子。

我揉了揉被風吹得泛淚的雙眼。

「雖然我剛才說被看光光……從上面根本看不見嘛。」

我覺得自己顯得很可笑，忍不住笑出來。

望向材木座，方形眼鏡底下的眼睛瞪得大大的。

「風、風之繼承者・風精惡戲・第二章……你果然也是能力者嗎……」

「也？」

「方才那陣風是你召來的對吧？」
「怎麼可能。單純是預測。我收集了很多五月的網球比賽結束後，關於風向的資料。靠統計算出午休時間和放學後會從哪個方向吹來什麼樣的風。」
「原來如此……這樣的話……」
材木座跑到黑板前面，拿起粉筆不知道在寫什麼東西。「只要有這個能力……呵呵，很好……復仇的機會掌握在吾等手中！」
這傢伙到底在碎碎念什麼？我站到他背後。
黑板上亂七八糟地畫著箭頭跟神祕的火柴人，以及同樣神祕的算式。
「八幡啊，用你的能力讓由比濱和雪之下哭著求饒吧。」
「你在說什麼？」
「聽好——」
材木座拿粉筆敲敲黑板。「首先，你把她們倆叫到適當的地點，然後等到那個時刻來臨。如此一來，風就會吹起裙子露出小褲褲，我們看了則在內心嗚呼呼。」
「嗯……」
我收集風向的資料，只是基於好奇心。絕對不是因為想看誰走光這種不良意圖。
「如何？八幡啊，要執行這個計畫嗎？」
「嗯……」

我再度望向窗外。白雲在高空隨風飄動。

雲真好。不用工作也可以靠風的力量去往任何地方。

以前人類也會利用風力，例如風車或帆船。工業革命後就開始依賴各種燃料，不再使用風力。

革命有利有弊。生活是變方便了沒錯，但環境也因此遭到汙染，失去和大自然的連結。

此時此刻，人類是不是該跟大自然聯手，建立一段新關係了？沒錯，例如藉助風之力吹起女生的裙子——

「八幡革命！揭開序幕！」

我伸出手，以帶領人類前往新的舞臺。

「呵，就等你這句話。」

材木座用力用沾滿粉筆灰的手握住我的手。

——日後，這起事件被稱為「總武高中(High School)之誓」。

× × ×

隔天放學後，我和材木座約在腳踏車停車場後面會合。

這裡離我平常吃午餐的地方很近，是我待很久的地方，所以風向資料也很齊全。

腳踏車停車場設置了高達腰部的鐵板，我跟材木座蹲在地上躲在那後面。

「那麼八幡啊，你要叫由比濱還是雪之下出來？」

「在那之前——」

我將放在地上的書包拿到手邊。「我想做個實驗。」

看見我從中取出的東西，材木座驚呼出聲。

「那、那……那不是裙子嗎！」

我手中的是裙襬部分縫了白線的百褶裙。

材木座目瞪口呆。

「莫非是你偷——」

「不是啦。跟我妹借的。」

說是借，當然沒徵求過她的同意。要是老爸知道，八成會被斷絕親子關係。搞不好還有可能逼我出家。「八幡」感覺可以直接拿來當和尚的法號耶，其他和尚會說「這傢伙就叫八幡了」之類的。總有一天我要獨立，開一間初代八幡寺。還要開連鎖店掀起寺廟系風潮。

「實際穿上那件裙子，讓風吹吹看的意思嗎？反覆驗證這一點還挺科學的嘛。不過……要由誰來穿？我可不要。」

「裙子和我的眼睛都會被玷汙，所以我不會叫你穿。」

「那到底要由誰……？」

「人剛好到了。」

我稍微起身，朝腳踏車停車場的對面揮手。一名在左右張望的學生發現我們，小跑步跑過來。（↑好可愛）

「八幡，原來你在這。我找你找好久。」（↑看吧好可愛）

戶塚彩加（↑名字好可愛）來到腳踏車停車場後面，對我展露微笑。（↑已經抵達尊的境界）

我從昨天到現在一直在看材木座的臉，因此戶塚的可愛度比平常更能感動我。光一天就這麼嚴重，如果我出家後再直視他的可愛，只能脫離佛教，改創戶塚教了。世界三大宗教……夠資格當我的對手。

「啊，材木座同學也在呀。」

「喔、喔喔，是戶塚氏啊。唔唔，原來是這麼一回事。」

被叫到的材木座帶著邪惡的淫笑對我使眼色。真的好噁。

不，等等……我自己看不見，該不會我在戶塚面前也是這種表情？拜託不要……

材木座等於是反映我自身的鏡子。如果我是魔女，比起白雪公主，一定會先把這種鏡子扔到森林深處。

我刻意裝出嚴肅的表情。

「不好意思，在社團活動前把你叫出來。」

「不會啦，別客氣。」

戶塚露出有點靦腆的笑容。

「謝謝你願意來。」

「嗯。」

「謝謝。謝謝。」

「嗯、嗯……」

「謝謝。」

「真的不用客氣喔？」

戶塚不知所措，真心感謝上帝。我心中的人氣排行第一名到第十名都由戶塚獨占。因為我每日會投一萬次感謝的票。

「所以，你找我有什麼事？」

「嗯，就是──」

我拿出妹妹的裙子。「拜託！什麼都別問，穿上它吧！」

「咦～？」

戶塚明顯感到困惑。

好吧，這反應很正常。

「戶塚氏！這是為了科學！為了科學！」

材木座目光異常銳利。這傢伙怎麼比我還激動？

「可是……」

戶塚看起來還無法接受。

「好，我知道了。那我也脫吧！」

「也？」

我當著一頭霧水的戶塚的面，脫掉白襯衫和長褲，身上只剩一件內褲。

「八幡……太厲害了……」

戶塚的眼神落在我的下半身上。「你的內褲好花俏！」

「對吧？」

不知為何，我買內褲的時候都會不小心失控，選擇花俏到極點的內褲。男用內褲很有立體感，超帥的說。還分各種材質跟機能性。

在這方面，女用內褲一點魅力都沒有，那根本是一坨皺巴巴的布，蕾絲也只會礙事。男用內褲果然最讚了。是說戶塚不知道穿什麼樣的內褲。

「你的內褲上面有很多星星，挺帥的。」

材木座似乎也是男用內褲派。

「這是最潮的部分。」

「到魔界應該會很有地位。」

「嗯。晚餐吃什麼都是由我決定！」

我和材木座暢談內褲話題時，戶塚依然一臉困擾。

「穿裙子有點……因為，我是男生耶？」

這句話太中肯了。

但我可不能在此退讓。畢竟事關戶塚穿裙子的模樣。

「你在說什麼？穿女裝可是只有男人有資格去做的真正有男子氣概的行為喔？」

既然戶塚這麼拘泥於男子氣概上，我也要用男子氣概說服他！

如果我昨天在社辦也能這麼會辯，而不是落荒而逃就好了。「妳們說千葉君不色？那來看看我的千葉君啊。（脫）」……我看最好的結果是退學。最壞的結果是遭到雪之下「那是千葉君？頂多只是中之島吧」的冷眼看待，因為太難過而跑去中之島大橋跳海。

順帶一提，用千葉君來譬喻的話，中之島是位於胯下附近的小島，是可以撿貝殼的優秀娛樂地點。可以經由全日本最高的天橋中之島大橋到島上，但這座橋被指定為「戀人的聖地」所以我完全不推薦。

「穿女裝有男子氣概……是、是這樣嗎……」

戶塚把手放在胸前，看著地面，看起來相當動搖。我的內心也在動搖，不過這不重要。

應該要再推他一把。

我抓住戶塚的肩膀。

「這件事只能拜託你。靠男人的友情和我締結羈絆的你。」

現場氣氛害我不小心說出「男人的友情」這種詞彙。

我們在極近距離互相凝視，過沒多久，戶塚的臉頰染上一層淡紅色。

「既、既然八幡都這麼說了，可以喔……」

好耶！那得先去你家跟你爸媽打聲招呼才行。戒指那些要怎麼辦？

「那裙子借我吧。」

戶塚從我手中拿過裙子。

啊，你答應的是這個啊……我剛剛一瞬間成了未來都市 Diversity 的居民。天空的顏色是空頻道的顏色……

戶塚在我們背後換衣服。基於紳士協定，我不會回頭。

旁邊的材木座在喘氣。

「欸，八幡啊，奧菲斯從冥府回來的途中，是不是也是這樣的心情？」

「誰知道。」

這傢伙幹麼擅自跟我產生連帶感。現在戶塚穿的是我妹的裙子，我等於是戶塚的哥哥喔。外人給我閉嘴。

不久後，換上裙子的戶塚出現在我們面前。

「喔吼……」

材木座發出靈魂出竅般的聲音。

「如、如何……」

戶塚抓著裙襬，雙腿互相摩擦。上半身是短袖運動服，但這樣反而營造出一種中性風，或者說像個不做作的女生，滿不錯的。

是說他的腿真好看，膝蓋也好光滑。如果有出「戶塚的膝蓋滑鼠墊」，真想買二十個貼滿全身，化為妖怪——戶塚的膝蓋小僧在附近徘徊。

「戶塚氏，很適合你。」

我也差點說出「像真正的女生」。然而戶塚剛才拘泥於男子氣概上。也就是說，「像女生」是禁句。我該以理性的態度面對。

「好，符合實驗條件。那麼麻煩你移動到那個位置。」

「嗯、嗯，知道了。」

戶塚略顯迷惘地走向我指的方向。

等他走到離校舍十公尺的地方，我用手勢叫他停下。

戶塚在擔心被網球場的社員們看見，不停偷瞄那邊。這個感覺也好色喔。

我旁邊的材木座又在喘著粗氣。

「呼……戶塚氏……」

「很吵，可以請你只吸氣不要吐氣嗎？」

戶塚看著我，用眼神詢問「還沒好嗎？」。

我拿出手機看時間。

「五……四……三……二……一……就是現在！」

一陣風吹過。

遠方的網球場傳出尖叫聲，沙塵蓋過另一側的景色——世界以慢動作運行。

裙子如同起飛的鳥兒般隨風飄揚，緩緩掀起。連纖細白皙的大腿根部都露出來了，他急忙用小手壓住。

「哇！」

戶塚整張臉都紅了。

我的靈魂直達天際，飛往無垠的宇宙。

「啊啊啊啊啊啊啊啊啊啊啊啊啊啊啊啊啊啊啊啊啊啊啊啊啊啊啊啊啊啊啊啊啊啊啊啊啊啊！」

比企谷八幡，炸裂　全文完

我瞬間回到地面。

剛才好像有什麼東西「結束」又「開始」了，是錯覺嗎？

材木座神情陶醉，在我旁邊大叫。

「八幡————！」

這傢伙幹麼叫我名字？還有，為什麼語氣跟電影《火線追緝令》裡面犯人說的那句「警察先生————！」一樣？

聲嘶力竭的材木座坐倒在地。

「我剛才……碰觸到了世界的祕密……」

「哦……你也抵達那個『領域』了嗎？」

在我們進行這段令人興奮的帥氣對話時，腳踏車停車場的另一側傳來不懷好意的聲音。

「看，那個人明明是男生還穿裙子耶。好可愛～」

「我記得他是網球社的，被人叫做王子。」

「下面穿什麼？讓姊姊看看？」

疑似三年級的三位辣妹圍住戶塚，竟然抓住他的裙子想把它掀起來。

「別、別這樣……」

戶塚試圖抵抗，可惜寡不敵眾，大腿逐漸露出。

「嗯唔唔……多麼卑劣的手段！」

材木座咬緊牙關。「我很想伸出援手……但現在還是先靜觀其變吧。」

有道理。我也想靜觀其變——說得更具體一點，我想觀察掀起來的裙子底下有什麼東西。

然而，我和戶塚之間有著男人的約定。在他陷入困境的時候坐視不管，枉為男人啊。

「唔喔喔喔喔喔喔喔！」

我吶喊著從腳踏車停車場後面跑出來，直接衝向戶塚。

「住手————！要脫的話先從我的內褲開始脫————！」

包圍戶塚的三名女性紛紛往我這邊看。

「哇！」

「那傢伙是怎樣!?」

「裸族衝過來了！」

她們尖叫著逃跑。大概是被我的氣勢嚇到。

我跑到戶塚身邊。

「沒事吧？有沒有被她們怎麼樣？」

「沒、沒事……可是，為什麼你還沒穿衣服？」

「伊甸園的人類都是裸體的——我能說的只有這句話。」

最初的人類叫什麼名字？亞當和亞當？上帝果然什麼都沒禁止嘛萬歲——！

戶塚下半身穿著裙子，我的胯下則只用比無花果的葉子更具功能性的布料遮住，奇裝異服的兩人平安回到腳踏車停車場後面。

迎接我們的是帶著詭異笑容的材木座。

「實驗成功。」

「是啊。」

「終於。計畫（Project）即將執行。」

「咦？喔……」

呃，你幹麼擅自叫它Project啦，不過聽起來超帥的所以就這樣吧。

「八幡，你流好多汗。」

經戶塚這麼一說，我發現自己滿身是汗。因為我剛才跑得很拚。戶塚的額頭也冒出汗水，或許是因為被一群女生包圍，嚇到他了。甜美♥的香氣竄入鼻尖。吃什麼東西才會發出這麼香的味道？蜂蜜或花粉之類的？根本是蜜蜂嘛。嗡嗡嗡～噗

滋！這是我的心被刺中的聲音♥

材木座跟平常一樣是成天流汗座。聽起來像成吉思汗，真酷。

三個男人汗水淋漓。這樣的話，要去的地方只有一個。

「好~我請你們去超級澡堂~」

材木座露出奸笑。

「泡完湯的咖啡牛奶也包含在請客範圍內吧？」

「這還用說。」

「為你的男子氣概乾杯。」

我和材木座用力握手。

「所以我們是來這邊做什麼的？」

戶塚一臉疑惑。

我和材木座面面相覷。

「呃……我們來這邊幹麼的？」

「剛才好像提到計畫……」

「啊~對喔。好吧，那就來吧。」

「嗯，就這麼辦。」

我拿出手機，檢查風向的資料。

「喔，十五分鐘後好像會吹起一陣不錯的風。」

我決定先把感覺比較好騙的由比濱叫出來。

按下播號鍵，她一下就接了。

『喂？』

「是我啦，比企谷。」

『怎麼了嗎？』

「妳在社辦嗎？」

『對呀……』

「可不可以到走廊上一下？」

『嗯、嗯。』

有雪之下在的地方不能講祕密。她可能會靠神祕的力量立刻察覺到。

電話另一端傳來拉開拉門又關上的聲音。

『自閉男，那個……關於昨天那件事，我有話想跟你說……』

「我也有話跟妳說。妳現在有辦法到我這邊嗎？」

『咦……？是可以……你要跟我說什麼？』

「見了面再說。不方便用電話談。是很重要的事。」

具體上來說是「給我看內褲～♥」，這可不能用電話講。萬一被錄音拿去法庭上當證據就太可怕了。

『重、重要的事……？可是，我還沒做好心理準備……』

「咦？什麼東西？」

『沒事。我馬上到。』

我將地點告訴她，掛斷電話。

戶塚把身體湊過來。

「八幡，你好擅長用電話把人叫出來喔。跟電話詐欺的犯人一樣。」

「咦，是嗎？」

這個可愛的小惡魔又想讓我背負罪名嗎？除了比上帝更愛戶塚外，我沒有犯下任何罪喔？

「好，在由比濱來之前，我和戶塚留在這待命。材木座負責衝去最近的ATM——」

「八幡啊，別叫朋友當車手。」

我們蹲在腳踏車停車場後面，等待時機來臨。

「欸，到底要做什麼？」

面對戶塚的疑惑——

「你不必知道。And stay with me……」

我巧妙地唬弄過去。

不久後，由比濱抵達我指定的地點。

她先是掃了四周一眼，拿出鏡子。對著鏡子撥弄明亮的褐髮，整理好像有點拉太開的襯衫領子——花了五分鐘整理儀容。

材木座附在我耳邊說：

「她好認真。」

「女生都這樣吧。我妹每天早上也都要弄那麼久。」

聽見我們的對話，戶塚輕聲笑了出來。

「我覺得要看她要見的對象是誰。」

「對象？」

材木座指向我。「對象是這個男人耶。」

「對啊。是我耶。」

「正因為是你吧。」

戶塚微笑著凝視由比濱。

什麼意思？戶塚真的是宇宙的神祕。

資料記載的時間逐漸接近。

我打開手機的時鐘，開始倒數計時。

「要上了……五……四……三……二……一……就是現在！」

然而……並沒有起風……！

網球社的擊球聲傳入耳中。半點風都沒有，裙子一動也不動，當然看不見內褲，今天鬥爭也沒有從世界上消失。

「不可能……怎麼會這樣……」

我為這個不合理的世界感到憤慨，不停比對資料和時間。這個時間應該會颳強風才對。

「難、難道……」

我忍不住從腳踏車停車場後面衝出來。身後傳來材木座「八幡，回來啊！」的吶喊聲，我卻已經進入全速飛奔狀態。

踮著腳尖，腳後跟抬起來又放下，在做神祕運動的由比濱發現了我。

「自閉男，嗨囉──呃，你怎麼沒穿衣服!?」

她瞪大眼睛，我站到她旁邊環視周遭。

「糟、糟糕──！」

視線前方是一群打亂我計策的元凶。

「大家好──！京城工業高中柔道社二十名社員，現在到達！」

「小湊學園高中柔道社三十名社員，打擾了！」

那個答案隨風而逝。

「歡迎——！共同練習的會場在這裡！」

壯漢集團從眼前經過。帶領他們的那個長得像番薯的人，我好像見過他，不過距離太遠，看不清楚。

沒有跟資料所示的一樣起風，就是因為那群人。風被他們散發出的濃郁男性荷爾蒙吸走了。

風會從氣壓高的地方吹向氣壓低的地方，同時也會往男性荷爾蒙濃郁的地方吹。每年颱風會北上，也是因為北海道人不論早晚都在大吃成吉思汗烤羊肉（註5），導致身體表面分泌男性荷爾蒙，把颱風吸引過去。有一種說法是元日戰爭的時候，所謂的「神風」也是元軍發出的男性荷爾蒙引來的。

柔道社這個出乎意料的要素，破壞了我的計畫。柔道社真的很煩耶……再也不想跟他們扯上關係。

「自閉男，你在幹麼？而且還沒穿衣服。」

由比濱提心吊膽地走過來。

糟糕……得想個理由騙過她。

我不僅沒有遮住身體，還展開雙臂挺起胸膛，故意秀給她看。

註5　北海道的鄉土料理之一。

「其實……我在做現在流行的男性荷爾蒙美容法。」

「那什麼東西!?」

妳覺得是什麼?我才想問呢。

「就是……全身暴露在空氣裡的男性荷爾蒙之中,讓肌膚光滑、體脂肪銳減、吃得好睡得好、驅邪避魔、一攫千金的夢幻美容法。我就是想告訴妳這辦法,才把妳叫出來。」

「哦~」

由比濱逼近我。「你皮膚確實滿好的。」

碰觸我的胸膛。

「啊嗯……!」

手指冰冷的觸感,害我忍不住叫出聲。

「真的很光滑耶~」

由比濱的手向下撫摸,接著又往上移動。

「啊、啊、啊……」

我的體內蕩起酥麻的波紋。

接著掀起一陣巨浪,我乘浪飛往更高的地方。

「啊啊啊啊啊啊啊啊啊啊啊啊啊啊啊啊啊啊啊啊啊啊啊啊啊啊啊

「啊啊啊啊啊！」

比企谷八幡，炸裂混合吧（註6） 全文完

「自閉男，你還好嗎？」

由比濱拍拍我的肩膀，我於地面復活。

「呼……看來男性荷爾蒙攝取過度，會害人做出異常行為。」

「那這個美容法根本不能用嘛。」

她笑著說道。

近距離一看，她皮膚真好。人家好嫉妒喔！剛才的反彈害人家體內的女性荷爾蒙迅速增加，比企谷八幡子（讀音省略）嫉妒得咬牙切齒。

「那、那個，自閉男，剛剛在電話裡提到的那個……」

由比濱手指在胸前戳來戳去。

「昨天那件事嗎？」

註6《七龍珠》中達爾製造月亮時說的臺詞。

「我覺得我昨天對你說得太過分了。用那種眼光看千葉君又不會怎樣。」

「原來是要講這個啊。」

我搔搔頭。「已經無所謂了。」

「是嗎？」

「因為千葉君是千葉縣的官方吉祥物，我只不過是個平凡的高中生。怎麼想都不相配。」

「你好認真!?」

「而且我現在心裡有其他人了。」

「這、這樣呀……」

由比濱把手背到身後。「順便、順便問一下，那個人是怎樣的人？」

「我想想……我注意到他的契機，是他陪我打網球的時候，他總是陪在我身邊，看到我犯蠢會對我笑。就算我像現在這樣沒穿衣服。」

聽見我的回答，由比濱立刻變得滿臉通紅。

「大概……大概啦，那個人一定也對你有意思。」

「是嗎？」

咦，戶塚喜歡我嗎?萬歲！

「那趕快來祖裎相見吧。」

「咦!?」

由比濱大聲驚呼。「會不會……太趕了？」

「為什麼？」

「因為，我們還只是高中生。」

「高中生就不行嗎？沒關係吧。」

超級澡堂有規定高中生不能去嗎……？時間也是早上就有在營業，現在去不嫌趕。

難道由比濱沒去過超澡？所以才會產生奇怪的誤會。跟戶塚袒裎相見培養感情，順便邀這傢伙一起去吧。

「欸，妳等等有沒有空？」

我一問，由比濱就「咦咦!?」發出更大的驚呼聲。

「有空的話，跟我一起——」

「不不不不不，等一下等一下等一下。不行啦不行啦不能這樣啦！」

她用力揮手，轉身跑走。

那傢伙幹麼啊……正常人會對超澡這麼排斥嗎？還是她背上有超大片的刺青？

我回到腳踏車停車場後面。

「由比濱好像情緒不穩。她突然叫超大聲，有點恐怖。」

「『女人心和御宅族的本命』可是善變的代名詞。」

材木座得意洋洋地說。

「就我看來，八幡情緒也滿不穩的。」

戶塚露出複雜的表情。

先不說這個了，這樣剩下的目標只有雪之下。我能否攻略那如同銅牆鐵壁的裙子？看她平常那個完美超人樣，光碰到她的裙子八成就會斷兩、三根手指，好可怕。她們家感覺就是真的有在繼承自古以來的「能力」及「宿命」的一族。

總之我決定先聯絡她看看。我透過戶塚取得她的手機號碼。

「喂──」

『哎呀比企谷同學，真巧。我有件事想問你。』

「咦……？」

莫非她發現我在調查「一族」了……？我、我什麼都不知道！是有人跟我說打這個號碼就給我十塊錢……

『由比濱同學有點奇怪，你知道原因嗎？她突然離開社辦，碎碎念著「完蛋了完蛋了」跑回來，然後就拎著書包回家了。』

我、我真的什麼都不知道！我對聖母瑪利亞發誓──嗯？我知道……

「大概是某種荷爾蒙分泌異常。」

『真令人擔心。要不要幫她介紹醫生呢？』

「洗個澡睡一覺就會恢復了吧。」

『那就觀察到明天吧。』

看來由比濱的事勉強蒙混過去了。

「我打電話給妳是想問，妳方便過來一趟嗎？」

中間隔了短暫的沉默。我隔著電話感覺到她在不耐煩。

『你這人挺老套的嘛。竟然在放學後把人叫出去告白。』

「才不是。是更重要的事。」

『哎呀。』

她的語氣變柔和了。『意思是，你要跟我坦承比昨天那個更脫離常軌的事實囉？我頓時有興趣了。』

真的假的。沒想到她評價這麼高。早知道不逃了。

「那妳到我說的地方來。」

我指定那個地點，掛斷電話。解放感使我自然而然吁出一口氣。

「呼呼呼……準備完畢。我要靠風之力揭露雪之下的The・Scanty。」

「The？」

戶塚歪過頭。

雪之下一如往常，釋放出拒人於千里之外的氣勢從校舍走出來。

她站在跟戶塚和由比濱同樣的地方。

我所在的位置看得見她的側臉。筆直的視線、隨風搖曳的黑色長髮、雪白剔透的肌膚。儼然是青春戀愛喜劇的女主角——只要沒有那根毒舌。

但那可不是用一句「只要沒有」就能帶過去的事。我聽她說過，她從小就因為外貌出眾的關係被同性排擠。若能回到過去保護她，是不是就不會變成現在這樣？不過搞不好會因為有大哥哥保護她的關係，害雪之下身邊的女性統統嫉妒她，更加討厭她，雪之下也會因為有個眼神死的男高中生不知為何纏著自己不放，被嚇到，忍不住對他講出尖酸刻薄的話——啊，這是逃不掉的命運。只能從法國大革命的時間點附近改寫人類史才挽救得了。這樣她可能會說出「巴黎大猩猩（註7），沒麵包的話吃甜點不就行了」這種話。

「八幡啊，還沒要起風嗎？」

經材木座一問，我望向手機。

「再等兩分鐘。只要雪之下沒在那之前回去——」

「欸，你們看。」

註7「巴黎先生」為劊子手的代名詞。

戶塚指向網球場。

仔細一看，起風了。

不對，「起風了」這說法太優雅。正確地說，是轟隆隆捲起一陣旋風的狀態。

樹葉、樹枝、網球社社員的毛巾被風捲起。褐色塵土從地面吹向空中，玷汙蔚藍的天空。轉眼間就看不見網球場了。

「龍、龍捲風……!?」

材木座站起來。「莫非這也是你的力量……？」

「怎麼可能。」

他到底覺得我是誰啦。

是說這個異常氣象是怎樣？地球怎麼搞的？昨天我叫它水樹奈奈座長公演，惹它生氣了嗎？可是除了奈奈以外，能靠座長公演讓新宿KOMA劇場和太陽廣場塞爆的知名歌手，我只認識巴布・狄倫耶。狄倫可不可以在舞臺上演時代劇？

網球社社員尖叫著逃進校舍。

雪之下站在原地。明明只是站在那邊，卻因為逆著人流的關係，看起來像在面對狂風。風吹亂她的長髮。

「那傢伙為什麼不逃？」

我抓住腳踏車停車場的柱子。

「八幡……這樣下去雪之下同學會……」

戶塚的聲音在顫抖。

龍捲風正往這邊接近。變大到直徑十公尺左右，超可怕。

只能由我去救雪之下了嗎……把她叫到那邊的人是我。僅僅是為了看內褲這個無聊的目的。

「你們覺得危險就乖乖進學校吧。」

我拋下這句話衝出去。飛過來的沙子直接砸在身體的正面上，連呼吸都有困難。雪之下站在比我離龍捲風更近的地方，一動也不動──彷彿希望自己遭到吞噬。

「快逃！龍捲風要來了！」

我站到她旁邊。

她抬起手臂擋在臉前面，發現我來了，瞥了我一眼。

「你用錯詞了。」

「什麼？」

「龍捲風的上空會有積雨雲。規模更大，天氣也會變差。這個沒有雲，所以是塵暴。氣象用詞叫塵旋風。是晴天地表空氣升溫時會發生的現象。」

「兩個都沒差吧？」

「氣象預報說會是白色聖誕節，結果卻下大雨的時候，你會說『兩個都沒差吧』

嗎？想像一下。聖誕老人淋成落湯雞，裝蛋糕的紙箱因為溼氣的關係變得軟趴趴的，得士尼樂園跟地獄一樣──」

「有差……太悲傷了……」

看到我無法反駁，雪之下微微揚起嘴角。

「我之所以不離開這裡，是因為跟你有約。」

「咦？」

「我和你這種隨便的人不同，一定會遵守約定。只要我說了會去，不管是哪裡我都會前去赴約。絕對不離開那個地方，直到達成目的。那就是我的人生態度。」

她說得很對。約定就是該遵守。

不過與此同時，我覺得很沉重。那頑固的人生態度，會讓旁觀者如坐針氈。

還有，她很美。

剛才在腳踏車停車場看到迎風而立的她，我覺得很美。頭髮被吹亂，衣服隨風擺盪，全身沾滿塵土，她依然筆直地站在那裡，對自身沒有任何懷疑。這身姿使我看得出神。

然而，她的美是不是非得在面對危機之時才會產生？當她投身於暴風中，她的美才會趨於完美？

若是如此，我並不想看見。一定看不下去。

「可是，除了跟你有約外，一部分原因也是因為我從來沒近距離看過塵暴，挺好奇的。我都不小心看呆了呢。」

還有，這傢伙真是個怪人。老實說，應該跟我有得拚。

「如果我是隨便的人——」

我笑著回她。「遵守跟那個隨便的人的約定的妳又是？不就只是個笨蛋嗎？」

我這句話令她的視線稍微動搖。

「說得也對。那趕快離開這裡吧。」

她快步轉身離去。看來她其實挺害怕的。

我也轉身背對暴風。嘴巴裡都是沙。

「話說回來，你為什麼沒穿衣服？」

「現在才問這個？過很久了耶。」

「你剛才說我『只是個笨蛋』，可以收回嗎？在這種地方裸體的你更——哎呀，那是……」

她的視線從我身上移開。我跟著看過去。

「喂，不會吧……」

那裡竟然有隻朝氣蓬勃地往塵暴跑過去的可愛小貓（搭配合成得超爛的腳步聲）！

動物真的很笨。雖然很可愛。總覺得我在關鍵時刻都會撞見陷入危機的動物。是不是去拜一下比較好？

雪之下正準備去追小貓。

「不可以靠近那邊！」

我立刻抓住她的手，柔軟的小手在我手中被捏成一團。

「雪之下，別過去！」

「放開我！」

她轉身瞪著我。

我抓著她的手用力一拉，她的臉近在眼前。

「進學校去。我來救那隻貓。」

「可是你沒穿衣服。」

「這可不是單純的沒穿衣服。」

我挺起胸膛。「我的皮膚由滿溢而出的男性荷爾蒙強化過。」

聽見這有趣的玩笑，她的嘴角動都沒動一下。不僅如此，還垂下目光，咬住下脣，露出像在後悔，像在忍受某種情緒的表情。

「你真傻。總是只會開這種玩笑……」

「對啊，我很傻。比妳傻了那麼一點。」

真是……不曉得是誰第一個想去救小貓的。

雪之下小跑步跑向校舍。目送她離去後，我才跑去追小貓。

風愈變愈強，飛過來的沙子在肌膚上留下如同針刺的疼痛。

「喂——過來。很危險喔。」

我趁貓坐在地上時試著把牠叫過來，麻煩的是，小貓看了我一眼，衝向塵暴的中心——也就是天空之城裡面的「龍之巢」。

這傢伙……比我還蠢。好吧，貓也只不過是尼特族的高階版。

繼續前進太可怕了。不過，我也只能硬著頭皮上。

「唔喔喔喔喔喔喔喔！風精惡戲（Eulen Sylpheed）・最終章（The Final）！」

我咆哮著衝進旋風之中。

眼前一片昏暗。飛揚的沙塵擋住陽光，風聲也遮蔽了聽覺。喘不過氣，肌膚的疼痛轉為像在被刀砍的痛楚。

我感覺到有東西碰到我的腳，慢慢蹲下，將牠用手包覆住。毛皮底下的嬌小身軀在發抖。

這隻貓剛剛才被我嚇跑，現在卻任我擺布。或許牠並不是真的對我解除心防了。但在這陣強風中，比起解除心防，解除身體的防備還比較好。

我縮起身體護住貓。幾乎什麼都感覺不到，只有手中的溫暖明確地傳達過來。

過了一陣子，我才發現風停了。耳朵因為殘響的關係怪怪的，肌膚一陣陣的刺痛，只感覺得到周圍的亮光。

我仰躺在地上，把手中的小貓放在胸口。仔細一看，是隻漂亮的白貓。不知道是誰家的貓。

「你沒受傷吧？」

貓舔了下我的臉，大概是在回答我。癢癢的，不過很舒服。

貓真好。沒工作卻那麼可愛。如果當不了專業主夫，我想成為一隻貓。

「比企谷同學！」

雪之下衝過來。

她蹲在我旁邊，觀察我的臉色。

「你太亂來了。」

「不過這傢伙得救了。」

我將貓放到她手上。她用有點僵硬的動作把貓抱在懷裡，撫摸牠的背，表情是前所未有的溫柔。我看著她問：

「欸，雪之下，剛才的約定還算數嗎？」

「嗯。」

她用臉頰磨蹭貓，點頭。「因為我還不知道你要說的重要的事是什麼。」

「喔，就是——」

可愛的聲音打斷我即將說出口的話。

「八幡～沒事吧？」

轉頭一看，戶塚正在從校舍的方向跑過來。

貓是很可愛沒錯，但戶塚也很讚。真想被戶塚養，當貓或主夫都可以。

「八幡～挺身保護貓的獸控的氣魄，我見識到了！」

材木座也發出「咚咚咚」的腳步聲跑過來。希望這傢伙被真正的龍捲風吹到彩虹的另一端。

在我心想「應該沒人會再叫我了吧」的時候，我聽見女人的聲音在呼喚「牛奶！」，瞬間想了下我什麼時候多了牛奶這個花名。

「牛奶，原來你在這裡。」

聽見那個聲音，小貓從雪之下手中跳出去，撲到一名人妻風的豐腴美女身上。

她穿的牛仔褲繃得緊緊的。這種人在彈性牛仔褲發明前不知道都穿什麼。

「是你救了牛奶嗎？」

把牛奶抱在懷裡的豐腴美女問我。

「嗯，算是。」

我坐起身子。

「謝謝你。雖然稱不上什麼謝禮，請務必到我家一趟，我幫你準備一套乾淨的衣服。不介意的話還可以沖個澡。我老公出差了，現在不在家。」

「唔……這個情境，不會有錯……」

材木座咬牙切齒地說。

我站起來，拍掉身上的灰塵。

「謝謝您的好意，但我等等跟重要的人有重要的約定。」

「比企谷同學……」

雪之下看著我。

我對她微笑。

沒錯，我跟人有約。

「好～你們兩個，來去超級澡堂囉～！」

然後衝向材木座和戶塚。我現在全身都是汗水跟沙子，有夠不舒服，真想快點洗個澡清爽一下。

「唔。那我就先不攝取水分，把胃留給泡完湯喝的咖啡牛奶吧。」

「走吧走吧。」

他們也興致十足。

「八幡男人祭！要開始囉！」

我們三個勾肩搭背，邁步而出，這時雪之下追過我們。

「你說的重要的事，下次有機會我再聽。」

她轉過身，表情恢復成一如既往的冷淡。

「總有一天會告訴妳。」

我剛才講到一半的，是非常老套的臺詞。老套到我自己都覺得噁心。同樣的話如果對象是戶塚或貓或千葉君，明明能隨口說出來的說——呃，三個裡面有兩個是動物。戶塚也跟蜜蜂沒兩樣。我果然是獸控嗎？還是連昆蟲都能接受的類型。

「總有一天嗎？反正八成是隨便的約定。」

看著她逐漸遠去的背影，戶塚露出淘氣的微笑。

「八幡挺天兵的耶。」

「我嗎？是喔……天兵……豚骨（註8）……講一講肚子都餓了。」

材木座聽了笑出聲來。

「那泡完澡我請你們吃拉麵。有家店我很推薦。」

「加麵也包含在請客範圍內吧？」

「這還用說。」

註8「天兵（Ponkotsu）」與「豚骨（Tonkotsu）」日文音近。

我和材木座用力握手。

男人的友情果然最棒了！

我們發出「Rassera（裸裸）——Rassera（裸裸）——」（註9）威猛的吆喝聲，慢步走向男人祭的會場超級澡堂。

另外，雪之下蹲在我身旁時我不小心看到她的內褲，這是祕密。

完

註9　青森睡魔祭上人們會發出的吆喝聲。「ra」音同「裸」。

將棋真有趣!!!

相樂總
插畫：ももこ

那一天，雪乃一如往常來到侍奉社社辦，映入眼簾的是難以用「一如往常」形容的景象。

兩位陌生男性坐在社辦的正中央。

他們隔著一張桌子相對而坐，面色凝重，低頭沉吟著。

往桌上一看，是日本最大眾的桌上遊戲。

他們在下將棋。

「這裡什麼時候變成將棋社了？」

雪乃輕聲——至少對她而言已經有在控制音量——嘆息，戴眼鏡的男生似乎嚇到了，身體向後仰去。

「啊，啊，啊？」

對不起、不好意思——聽不清楚的軟弱道歉聲，落在社辦的地上。

「你說什麼？我一個字都聽不見。講清楚一點。」

雪乃溫柔地——至少對她來說沒有比這更親切的語氣——回問，戴眼鏡的男生都快哭出來了。

「——啊，啊，啊！」

他留下另一名男生，逃也似的衝出社辦。

明明沒人會對他怎麼樣。

單純的問題都能讓他慌成那樣，八成是因為提問者的表情太恐怖。當然，從雪乃本人臉上掛著和藹可親的微笑這一點來看，理論上來說，怎麼想都是眼鏡男孩看見幻覺了。

玩將棋會看見幻覺。真可憐。法律應該禁止這種遊戲。

雪乃悲傷地搖頭，然後清了下嗓子，調整心情。

「所以，請問你哪位？」

說起來，她原本就沒打算質問眼鏡男孩。

是因為另一位陌生男性厚顏無恥，不慌不亂地坐在那裡，她才忍不住嘆氣。

全是依然待在社辦的這男人的錯。

「你好像沒打算跟他一樣逃走。請問你來侍奉社有何貴幹？」

「……呃，啥？」

留下來的男子在雪乃的注視下，發出比表情更厚顏無恥的聲音。

一副自己是這間社辦的主人的態度。

這麼說來，打從一開始，他就是旁若無人地坐在這裡，不像眼鏡男孩那樣。只想得到他企圖靠暴力手段奪取社辦，在這裡創立將棋社這個可能性。

下將棋會變野蠻。真可怕。聯合國應該禁止這種遊戲。

雪乃搖搖頭，為暴力的桌上遊戲的恐怖之處低下臉。

視線就這樣落在男子的室內鞋上，「哎呀」了一聲。

「仔細一看，這不是比企谷同學嗎？你今天真早來。」

「……不要靠室內鞋上的名字才終於認出對方啊。」

比企谷八幡不耐煩地撐著頰。

「對不起，因為你的臉讓人不太想留下印象。下次見面時我會努力記住。」

「根本是對待從來沒見過面的人的態度……」

「我無時無刻都這麼希望。」

「真巧，我也每天都在這麼想，要我現在就當成我們從來沒見過面都沒問題。」

八幡回以譏諷。

離升上高中二年級，已經過了數個月。

以侍奉社的身分共同解決的各種委託，仍然記憶猶新。儘管她也不想，八幡特有的死魚眼實在無法輕易忘記。

因此，說什麼長相不會讓人留下印象是一種玩笑。當然了。

與友人的交流，就是由這種無拘無束的玩笑構成的吧——雪乃在內心偷偷這麼想。

不過比企谷八幡並非她的朋友，拿來舉例一點都不適合。這人為什麼一副跟我很熟的樣子？

「先不說這個了，你到底在做什麼？」

「看就知道了吧，下將棋啊。雪基百科不知道嗎？」

「我知道。」

雪乃搖搖頭，手指撫上桌上的將棋盤。

「將棋這個要用腦的遊戲，和比企谷八幡這個特殊人類的組合，我實在無法接受……對不起。我平凡的想像力無法補足你欠缺智慧的外表，我真的很心痛。」

「別用那麼誠懇的語氣跟我的外表道歉……」

八幡無力地說。

一直是這樣。

雪乃跟他講話時，八幡一定會像這樣板著一張臉。

簡直像在對拿聊天當藉口逗自己的朋友以上戀人未滿的女生感到不耐。

當然，比企谷八幡對雪乃來說是認識的人以下人類未滿的存在，該不耐煩的是她才對。別再讓她覺得更煩了。

「那個人是來委託我們的。」

八幡冷淡地說，指向眼鏡男孩逃往的走廊。

「委託呀……」

雪乃跟著看過去，這次輕聲嘆息。

不曉得是不是又是平塚老師介紹來的。

解決了幾件委託後，其他人好像誤會了。侍奉社可不是打開來就會冒出魔法咒語的玉手箱。

「如果設計成偶爾會有腐爛的比青蛙跳出來，無意義的諮詢會不會減少呢……」

「我聽不懂這句話，不過別用那種期待我做些什麼的眼神看我。」

「可是，這次不就是因為你嚇到人家的關係，委託人才一句話都沒跟我說就回去了？」

「可以請妳不要竄改記憶竄改得這麼自然嗎？他找我商量時就很正常，是因為妳冰冷的語氣跟態度才嚇跑的耶？」

「再講下去也沒意義。比起那個，把委託內容告訴我吧。」

「唉……」

八幡仰天長嘆。

大概是意識到怎麼說都沒用。證明他認同雪乃是對的。說實話，她不討厭老實的八幡。

但也一點都不喜歡。這部分可別誤會了。

「妳……算了……就是，他想改變社團的氣氛。」

八幡望向遠方，仔細地述說。

× × ×

眼鏡男孩是真正的將棋社社員。

雪乃並不知道總武高中有將棋社，不過大部分的學校，將棋和圍棋這類型的社團都用不會進入女性的視線範圍的特殊迷彩處理過。這一點沒什麼問題。

問題在將棋社內部。

「聽說他們直到去年都還是和樂融融的和平社團。」

「跟我們社團一樣？」

「……是我幻聽嗎？妳說跟侍奉社一樣？」

「噢，不好意思。這不是該跟非社員說的話。請繼續？」

「我百分之百是社員好嗎……總之有個棋力高達全國等級的轉學生加入將棋社。那個人透過關係，找來年輕時就以職業棋士為目標的獎勵會出身的顧問，導致社團的氣氛整個變了。」

具體上來說——

他們決定以團體戰的形式，在「高中龍王戰」這個高中將棋界最大的比賽中打進全國大賽。

在此之前都走輕鬆路線的文系社團，蛻變成認真嚴肅的社團。

每天都要參加社團活動自不用說，還以晨練及中午練習為由叫人解好幾盤棋局，假日也規定要看將棋書和去將棋道場——認真下將棋自然而然成了義務。

「……往更高的地方邁進未必沒有好處吧。又不是每個人都跟某人一樣，會藉由貶低自己反過來肯定自己。」

「要看方法吧。只要不是跟某人一樣，藉由排擠他人維護秩序就好。」

「太好了。比企谷同學還知道自己被人排擠呢。」

「我放心了。妳知道自己在排擠他人……」

將棋跟以前侍奉社社員玩過的「大富豪」這種紙牌遊戲，有著一個決定性的差距。

也就是是否為「雙人零和有限確定完全情報遊戲」。

將棋分出勝負時，完全不存在運氣要素。

反映在棋盤上的，只有理所當然的實力差距。

強者獲勝，弱者落敗。僅此而已，純粹又殘酷的世界。

因此——

跟棋力差距過大的弱者下棋，對強者來說沒有任何好處。

「起初他們好像想大家一起切磋琢磨。但將棋到頭來就是只憑實力說話的遊戲。最後特別會下棋的人，只會跟特定的對象下棋。無視較弱的社員……不僅如此，還徹底把他們當成『不存在的人』。」

「這社團說不定很適合你。」

「這句諷刺真是有夠直接……」

或許是徹底習慣雪乃的挖苦了，八幡看起來沒什麼反應，拿起手邊的棋子放到棋盤上。

「於是，社內現在完全沒有交流。棋力低落的社員漸漸不來參加社團活動。聽說還有人甚至變得討厭將棋。剛才那名學生就是擔心將棋社的現狀，才來找我們幫忙。」

「……原來如此。」

雪乃豎起食指抵著臉頰，擺出思考的動作。

「認真下將棋的他們，相信那是通往全國大賽的必要之舉。為了達成符合高中生身分的目標，某種意義上來說他們在以『正確的方式』努力對吧？」

「嗯，這樣說是沒錯。委託人也是因為這樣，才一直不敢開口。」

「不過，你不喜歡那個『正確的方式』。所以想接下委託……事情就是這樣。」

雪乃瞄了八幡一眼。

經過短暫的沉默，八幡明顯移開視線。

「……別講得像妳都看在眼裡一樣。」

「這點小事不用看也知道。」

雪乃聳聳肩膀。只要待在八幡身邊，誰都看得出來。不是只有我特別理解他——或者說，想要理解他。絕對不是。這嚴重損害我的名譽。快給我道歉。

「可是問題在於……這種事基本上該由社團的人親手解決。」

八幡也點頭同意雪乃的說法。

這跟插手處理朋友之間的糾紛不同。

這次的委託事關其他社團根本上的經營方針。隨便插嘴的話，搞不好會換成委託人本人淪落到退出社團。

「也不是想不到方法……在那之前，比企谷同學。」

雪乃指向桌上的將棋盤。

推測是將棋社的委託人說明狀況時順便帶過來的。她從來沒碰過這麼正式的棋子，連拿法都很生澀。

然而，八幡剛才的動作比自己熟練許多。雖然她並不想承認，真不甘心。

「你會下將棋對吧？」

「嗯，會一點。」

「我想也是。任何生物都至少有一個長處。例如黑猩猩會梳毛，大猩猩可以把香蕉連皮一起吃下去。你大可引以為傲。」

「比較對象不是人啊……」

八幡苦笑著說，但受到他人的稱讚，他應該很高興吧。

他緩緩清了下喉嚨，用指尖拎起將棋給雪乃看。

「既然是土生土長的千葉人，會下將棋是當然的。」

「為什麼？」

「因為那個偉大的十三世名人——關根金次郎就是千葉人。」

「……關根，金次郎？」

「改革維持三百年傳統的名人制，創立將棋聯盟的『近代將棋之祖』。關根一門一脈相連的系譜中，有『棋界的太陽』十六世名人中原誠、『超越羽生的男人』十八世名人森內俊之、『史上最強』的十九世名人羽生善治、上了年紀依然處於全盛期的

『一二三』加藤一二三，還有一肩扛起下一代的『天才』藤井聰太等等，多到數都數不清。現代的將棋風潮，說是由千葉帶起的都不為過。」

「……我沒問這麼詳細。」

「當然，千葉在現代也是知名棋士輩出。於四十六歲奪得王位，睽違四十六年更新了最年長的初頭銜獲得者紀錄的木村一基、下棋時吃飯的模樣引起話題，被找去拍食品廣告的丸山忠久、讓順位戰從來沒輸過的藤井聰太第一次吃敗仗，逼他原地踏步一年的近藤誠也、以「三間飛車（註10）藤井系統」這個讓三間飛車派狂喜的戰法引來注目的佐藤和俊……每個人都是千葉出身。甚至可以說全世界所有的千葉人，或多或少都跟將棋有關係。」

八幡滔滔不絕地說。

老實說挺煩的——雪乃心想。

大概是將棋擁有能讓人腦袋出問題的特殊魔力吧。例如不相信他人的高中生僅僅是被誇幾句，就會忍不住一直聊將棋。例如會在某作品的短篇小說集裡硬塞將棋梗。

註10 將棋戰法的一種。

下將棋會入魔。真驚悚。小學館（註11）應該禁止這種遊戲。

雪乃嘆了口氣，平靜地說。

「比企谷同學最近有點像那個……叫材什麼的人呢。」

「…………」

頂著一張臭臉的八幡瞬間陷入沉默。

雪乃知道只要在他講個不停的時候搬出這個人名，他就會安靜下來。材木什麼的與剪刀必有用。

「總之，我知道你算會下將棋了。那還有辦法。」

雪乃將掌中的棋子放回將棋盤上。看來這次的委託，或許沒有她出場的機會。

「既然是將棋社內部的問題，從內部發聲就行了。對吧？」

「……果然只能用這招嗎？」

八幡應該也跟雪乃想到同樣的主意。他「喀」一聲讓棋子前進，發出今天最響亮的聲音。

意即——實際加入將棋社。

幸好總武高中沒禁止加入複數社團。將棋社應該也不會像運動社團那樣，嚴格

註11《果青》日文版的出版社。

規範中途加入。

「以眼還眼，以牙還牙，以猛毒攻猛毒。」

「有必要在漢摩拉比法典上加入多餘的東西嗎？」

「不過這樣會給人家添麻煩，達成目的後就盡快回到侍奉社吧。」

「……盡快啊。」

雪乃只是在擔心被比企谷八幡這個稀世毒素入侵的將棋社而已，啊啊，他在誤會什麼呢。

八幡諷刺地笑了。

「妳剛才還說我是非社員咧，怎麼？果然還是承認我是社員嗎？」

「你、你腦袋有問題？別誤會，我是真的真的很討厭你。真希望現在就能看見你悽慘的死狀。」

「別裝成傲嬌結果只是在用言語傷人好不好？」

偶爾反擊一下，立刻就會變成這樣。

聽著八幡碎碎念的聲音，雪乃輕聲笑了出來。

嘴角不受控制地上揚。

她心想，和朋友愉快的交流，果然就是像這個樣子吧。

但她並不愉快，這男人也如她剛才所說，不是她的朋友，所以跟她一點關係都沒有。比企谷同學，別再硬是插進與你無關的話題了。

× × ×

隔天放學後，雪乃一如往常來到侍奉社社辦，映入眼簾的是一如往常的景色。

「……你為什麼還在這裡？」

八幡獨自坐在社辦，盯著手機。

不是要去加入將棋社嗎？別再假裝看不會有人打過來的手機了。看他可憐，要不要傳個訊息給他呢——雪乃如此心想。在這輩子多積點德，好讓我下輩子活得坦率一點。呃，不是說我現在就不坦率喔。

「我本來也打算今天過去。」

八幡搖搖頭，將視線從手中的手機移到雪乃身上。

「沒那麼容易就能入社——聽說要接受測驗。」

「……入社測驗？」

八幡在午休時間前去提交入社申請書，結果社長單方面決定測驗日期訂在後天，叫他改日再來。

「真可惜。虧我還想說總算可以擺脫麻煩。」

「不要用真的很遺憾的語氣說好嗎……」

仔細一想，這很正常。

只因為太弱這個理由，就把目前的社員當成「不存在」的人，對於想加入的人不可能不設限。

「於是，得知有入社測驗的你便夾著尾巴逃回侍奉社……你在做什麼？」

雪乃小步走向八幡，從旁窺探手機。八幡在認真觀看的，似乎是什麼東西的影片。

「幹麼？妳靠好近。」

他嚇得向後仰去，雪乃為此感到不滿，將臉湊得更近。

要是他在侍奉社看什麼下流的影片就糟了。瞧這男人猥褻的眼神，無疑是會做那種事的禽獸。必須盡快檢查。內容、類別、偏好、喜歡的類型等等。是黑色長髮還是褐色中長髮？毒舌冷酷系還是笨蛋小狗系？比企谷同學，你喜歡哪一種？

「讓我看看。」

「之後再說。」

「現在立刻給我看。視情況而定，我可能會告你性騷擾。」

「為什麼啦，哪裡有性騷擾要素。」

雪乃慌張地伸出手，用胸前的某個部位卡住八幡的手臂。

「喂！碰到了……不對，沒東西可以碰……」

不知為何，八幡忽然面露憂傷，雪乃抓準這個機會，勉強成功讓手機螢幕朝向這邊。

螢幕中的是黑色長髮的冷酷系美少女……

不對，是一群看起來很內向的黑髮眼鏡少年。

「……你的喜好真獨特。」

「什麼東西？」

八幡把手機放到桌上，似乎放棄掙扎了。

「這是那個委託人傳給我的。他們跟外校將棋社比賽時的影片。」

「啊，原來如此。哦……」

雪乃揉了下眼角，驅散不良的想像及些許的安心，認真地重看影片。

的確是將棋社社員的影片。

推測是拍來研究用的。不只盤面，連苦惱時表現出的態度、被逼入絕境時使用時間的方式，或是判斷局勢時有沒有不小心表現在臉上，他們下將棋的模樣被鉅細靡遺拍了下來……的樣子。

雪乃看得一頭霧水。

這是當然的，因為她對於將棋這個遊戲一竅不通。

「你在靠這個影片制定入社測驗的對策嗎？」

「嗯，沒錯。」

八幡輕輕點頭。

「入社測驗的對手是目前的團體戰正式選手。每個人當然都有段位，聽說還有並不常見的四、五段這種業餘高段。」

「段位……？」

雪乃腦中浮現跳箱的層數（註12）。四層的話，小學時期的我應該也跳得過去，毫無難度。

「雖然我不是很懂，以你的程度總會有辦法吧？」

「不好意思，我的棋力沒強到哪去。我之前差點輸給初段的委託人，頂多二、三級吧。」

「級……？」

雪乃腦中浮現英檢的等級。二級差不多是高中畢業程度。看來你有資格報考將棋大學喔，比企谷同學。

「我還是沒概念。意思是小學生的段，比高中生的級還弱囉？」

註12　跳箱層數及將棋段位，日文皆寫成「段」。

「……？」

八幡頭上瞬間冒出問號。

「跟年齡無關吧。棋力是絕對的。尤其是高段者。」

「所以比起英文能力，會運動對將棋比較有用。」

「…………？」

八幡頭上又冒出一個問號。

「或許吧……畢竟頂尖對決最後好像也是要靠體力決勝負。」

「你連四層都跳不過去的話，要不要加入體操俱樂部？」

八幡頭上冒出第三個問號。

「我們是在講將棋吧？」

「當然是在講將棋呀。」

「……是嗎……」

八幡陷入沉思。

大概是累積至今的人生經驗使然，他習慣推測他人的言外之意。連這麼直接的對話，都會想去嗅出隱藏在其中的惡意及諷刺的味道，下意識警戒起來。

雪乃心想，這是你的壞習慣。對話節奏是人類的魅力之一。是因為對象是我才有辦法忍耐，換成其他人肯定會對你幻滅吧。所以比企谷同學才會不受女生歡迎。

太好了。

總而言之——

「你的原則是不做多餘的事對吧。」

「嗯？喔，是嗎？」

「但你還特地拿了比賽影片來看，觀察對手。」

八幡這麼做，代表影片裡充滿比去體操俱樂部訓練跳跳箱更重要的資訊。

「我想將棋的戰法大概有很多種。像你剛才也有提到三間飛車？這個我聽不懂的詞彙。所以你是在用這個影片調查對手的戰術囉？如果我在亂發表意見，先跟你說聲對不起。」

「不，這是目前最正常的意見。」

八幡明顯鬆了口氣。

「但妳猜錯了。到了這個等級，花幾百小時研究自己擅長的戰術再正常不過。就算我臨時抱佛腳制定對策，最後也只會被反殺。」

「那就不行了。」

雪乃有點失望。

「因為我不想看見你輸掉。你已經是人生的輸家，再不至少在將棋比賽中獲勝的話，未免太可憐了。」

「可以不要假裝鼓勵我其實是在傷害我嗎……咦，是說，妳要來看比賽喔？」

「怎麼可能。與其把時間花在將棋這種地方性的小眾遊戲上，人生有更多有意義的事。」

「別從根本上否定這件事好不好，會害我想死。」

八幡嘴上說著喪氣話，實際上卻高傲地晃了下翹起來的腿。

「將棋或許是地方性又小眾的遊戲沒錯，不過本質跟人與人之間的交流一樣。即使對於制定戰術沒用，也能看出很多事。打個比方。」

八幡抬起下巴，指向在螢幕最右邊下棋的少年。

每下一步棋就會左顧右盼，不安地窺探隔壁的盤面。一和隊友四目相交，少年便諂笑著急忙將視線移回自己的棋盤上。

「這坐立不安的模樣、注意周遭的方式，跟那傢伙很像。」

「……誰？」

「由比濱結衣。」

「會嗎……」

雪乃給予模稜兩可的回答，八幡沒有理會她，手指繼續移動。

由比濱（暫定）旁邊的社員體型微胖。用戴著露指手套的手掌裝模作樣地從駒臺拿起桂馬，以彷彿要把棋盤砸碎的力道下在棋盤上。

「看看這個下出引以為傲的一步棋的男人。超大的下棋聲、超吵的咳嗽聲、無謂的大笑聲，沒有一個地方不煩對吧。材木座義輝存在於世界各個角落。」

「呃，嗯，是啊……」

「接著是這位少年。」

材木座（暫定）旁邊的社員，身材非常嬌小。

他似乎在注意隊友的下棋聲，扭扭捏捏的，下起棋來十分謹慎。和對手對上目光時，會抬起視線靦腆一笑。

「沒錯，是戶塚彩加。戶塚更可愛好不好白痴東西，這傢伙和戶塚根本不能比。別小看戶塚了。」

「……呃……」

戶塚（暫定）對面的社員則在不耐煩地抖腳，以粗魯的手勢移動棋子。對材木座（暫定）咂舌，立刻讓他安靜下來。

「這個自以為女王的態度，怎麼看都是三浦優美子。」

「…………」

「雖然他是個平凡的男性啦。現實中的將棋社社員全是黑短髮眼鏡男。不能抱太大的期望。」

八幡開玩笑似地笑著說。

雪乃回以沉痛的沉默。先不說期望了，她完全不知道八幡看見了什麼。所有人都跟本人一點都不像呀……

是因為一直被同學無視，導致他終於將人際關係寄託在陌生人身上了嗎？就算只有她一個人也好，或許該對他溫柔點。

在雪乃嘗到生平第一次的後悔滋味時——

「好。」

八幡咕噥道，關閉手機螢幕。

「大致確認完畢了。」

「……那個……」

你確認了什麼？你該確認的是醫院的門診時間喔。

雪乃慢慢移動手，八幡不知道誤會了什麼，臉上浮現十分陰險的笑容。

「沒問題的，雪之下。」

我是沒問題。但你的腦袋問題可大囉，比企谷同學。

「普遍認為將棋不會受到運氣的影響。這是事實，但不是事實。」

八幡無視雪乃憐憫的目光，接著說道。

棋力是絕對的。

但那只是理論上來說。

如果人類是機器，高中的級位對上小學的段位，勝算近乎於零吧，然而——

「實際上的比賽，手段要多少有多少。」

八幡露出嘲諷的笑容。

真希望他不要在別人為他擔心時耍帥。其他人看了搞不好會誤會。

看來我還是得去看一下，免得他在將棋社做什麼怪事。比企谷同學好歹是社員。別說好歹，已經只剩下歹了，但他還是社員。

雪乃默默做好覺悟。

× × ×

入社測驗的日子到來。

雪乃從侍奉社所在的特別大樓四樓依序走到一樓，終於發現將棋社社辦。

為什麼會在這麼難找的地方？如果有個路痴加上不擅長問路的女學生，肯定會浪費好幾十分鐘在找路。不對，連不是路痴的我都浪費好幾十分鐘在找路了，路痴肯定會花更多時間。路痴真可憐。

雪乃有點煩躁地打開將棋社的門。

測驗似乎已經開始了。

八幡和將棋社的某人，正在社辦角落比賽。

剩下的社員則圍在旁邊觀戰，有的人坐著，有的人站著。

「……這個氣氛是怎麼回事？」

雪乃愣了下。

社員們不知為何──感覺起來殺氣騰騰。

雪乃眨眨眼，想尋找異狀的源頭，離門最近的眼鏡男孩驚慌失措地站起來。

「啊，啊，啊！」

大概是在說「是來參觀的嗎」、「歡迎來到將棋社」。

眼鏡男孩說著語意不明的話迅速接近。看來他知道雪乃是侍奉社社員。

「……啊，啊，啊……」

他帶領雪乃入座，對她投以求助的目光。

求求妳別說是我去委託你們的──

「謝謝，打擾了。」

雪乃回以微笑。她根本不知道這個人是誰。對於一般的女高中生來說，將棋社社員統統都長一樣。這是個小知識。

在雪乃眼中，只有正在比賽的八幡看起來跟其他人不同。

他沒注意到這邊，應該是在專心下棋。跟平常一樣，帶著宛如死掉的鯛魚的表情，大膽地面對棋盤。

塑膠棋盤旁邊，放著神祕的像電子鐘的東西。每下一步棋，八幡就會按下計時器的按鈕，換成對手的時間開始倒扣。

「那是什麼……」

「啊，啊，啊！」

聽見雪乃不經意間的自言自語，眼鏡男孩悄聲回答「那是棋鐘，大會上也會用到的比賽計時鐘」。

時間超過十五分鐘就算輸。遇到千日手（註13）的話先後手替換，以剩下的時間重下一局，和棋的話未滿二十七分的那一方輸，同分的情況下算先手輸，有人給建議當場算輸，視總共五場的入社測驗的結果判斷能否加入。

規則是這樣的——眼鏡男孩念了一堆將棋咒文，雪乃當然沒聽進去。

她坐到最近的椅子上，單單凝視著那位特別的參賽者。

坐在八幡對面的將棋社社員，是影片裡被他說是「由比濱結衣」型的那個人。雖然雪乃本人無法區分，總之就是這樣。

註13 指同樣的走法重複四次的情況。

那位由比濱（暫定）看起來非常坐立不安。

明明在比賽，他卻四處張望，跟對手四目相交時竟然還露出諂媚的笑。

感覺像要設法改善社辦內殺氣騰騰的氣氛。

「……到底發生什麼事？」

雪乃歪過頭。

「啊，啊，啊……」

現在是入社測驗的第二局，第一局發生了一些問題——眼鏡男孩小聲回答。

「比企谷同學存在本身就類似問題兒童，不過這個情況有點異常。」

「啊，啊，啊！」

或許吧，他也有他的優點，可是，那個，這次的手段有點遊走在犯規邊緣……

委託人低聲幫八幡說話。

雪乃驚訝地望向眼鏡男孩。這個人為何一直自己在那邊跟我說悄悄話？我的嘴巴沒打算跟比企谷同學以外的人說話。

「——唉唷！」

這時，八幡大聲驚呼。

這步棋大概是決定勝負的關鍵，他用力將棋子下在棋盤上的瞬間，不小心力道過猛，彈飛對手的棋子，連著駒臺一起掉在地上。

「抱歉抱歉。」

八幡嘴上在道歉，卻沒去動手撿棋子。

「換你了。」

他若無其事地按下棋鐘，連雪乃都看得出盤面亂七八糟，根本不是可以下棋的狀況。

比賽已經進入終盤。對手所剩無幾的時間一秒一秒減少。

吱吱喳喳——很容易就能感覺到，周圍的將棋社社員氣得臉色都變了。殺氣濃度又提高一階。

「……啊，啊，啊！」

就是這個，就是這種手段……眼鏡男孩低著頭說。

第一局他也是用這種骯髒的做法耗光對手的時間，贏得勝利。

也有社員抱怨這樣違反禮節，或是幫忙撿棋子，他卻說「幫助比賽選手的你們幾個，才會違反不能給建議的那條規矩一秒出局吧」，連規則都被拿來利用，得意洋洋地說「贏了就是贏了」……。

「哦。」

雪乃抱著胳膊。

難怪氣氛這麼糟。

真符合他的作風。在揣測弦外之音的這方面，他可是稀世奇才。他八成會坦蕩蕩地宣言，是沒把規則訂仔細的將棋社有問題。

將別人對自己的好感度全數拿去犧牲。

不過本來就沒人對你有好感，這個攻擊機會實際上等於零成本，感覺挺划算的。比企谷同學，這主意不錯嘛。

「好、好了啦好了啦……沒關係的，大家別介意。」

由比濱（暫定）露出討好的笑容，以安撫殺氣騰騰的同伴。

他說著「沒關係沒關係」，連忙趴下來撿起掉在地上的棋子。

掉在八幡腳邊的棋子則因為他的腳挪都不肯挪一下，費了好一番工夫才收集起來。

「啊哈哈，那換我下囉……」

由比濱（暫定）卻半句話都沒抱怨，只是苦笑著說。

對於把察言觀色這個技能點滿的由比濱（暫定）而言，如何收拾局面應該比輸贏更加重要。

儘管完全無法集中精神，他還是急忙重新排好棋子，將放回駒臺的棋子下在適當的位置。

下一刻——

「好，我贏了。」

八幡說。

「……咦？」

由比濱（暫定）愣了一瞬間，戰戰兢兢地回問。

八幡指向他剛放到棋盤上的棋子。

「你算算看。那是第五個香車。你犯規了。」

「——咦？」

由比濱（暫定）用不同的語氣說出同一個字，瞪大眼睛。

雪之下也彎起手指計算。角落一個，上面一個，比企谷同學那邊兩個，剛才下的一個。原來如此，確實有五個。將棋這個遊戲是湊到五個一樣的算輸嗎？看來規則跟撲克牌有點出入。

「怎、怎麼會……啊、啊啊，剛剛的!?」

由比濱（暫定）似乎發現了什麼，指向八幡腳邊。

「我就想說怎麼會掉在那種地方！這該不會是你帶進來的棋子吧!?故意弄掉棋子，讓它們混在一起，害我看不出來……！」

「我不知道。」

八幡聳了下肩膀。

「啊，啊，啊！」

社員們的怒吼聲四起，眼鏡男孩小聲地說。

那是在以前的將棋道場必定會看見的大叔戰術，偷偷從旁邊的棋盤拿走棋子……讓對手在不知情的情況下這麼做，誘導人犯規嗎？如果是外面的比賽，絕對會出問題，竟然想得到如此恐怖的計策……

然而雪乃還是一樣，聽不太懂他在說什麼。

確實有那種提到感興趣的領域，話就會突然變多的人。這人應該很喜歡將棋。

× × ×

入社測驗繼續進行。

將棋社社員為是否要承認剛才的比賽結果爭論了一番，由比濱（暫定）苦笑著說「犯規就是犯規……」他們便勉為其難接受了。

更重要的是——

「呵哈哈哈哈！戰友被幹掉了嗎……不過，那兩個人在我們將棋五虎將之中是最弱的……竟然輸給這種貨色，真是丟光了將棋社社員的臉！」

第三位對手非常有幹勁。

八幡看影片時說他是材木座（暫定）型，雪乃依然無法區分。但她覺得有那個味道。

「呼呼呼……禁忌棋子的操縱者啊，若你以為我和剛才那兩個人一樣，就大錯特錯了。你那卑劣的計策，對本人五虎將首領——振穴將軍可不管用！」

材木座（暫定）用戴著露指手套的手擺出十字架，哈哈大笑。

「……啊，啊，啊……」

眼鏡男孩說，事實上，以他們的棋力，應該不會算錯手上的棋子有多少。

除非跟剛才的對手一樣，完全無法集中注意力……不過現在這個對手雖然有點吵，下棋時的專注力卻是全社團最高的。

不出所料，比賽似乎以材木座（暫定）的步調進行。

八幡一直盯著棋盤苦思。明明輪到他下了，他的手卻一直沒動。看來現在的他沒有餘力弄掉棋子。

「看到我的飛角二刀流，怕了嗎!?你再怎麼煩惱，都無法攻破我那有如銅牆鐵壁的四穴熊金剛城！呼哈哈哈哈哈！」

材木座（暫定）已經在為勝利歡呼。不管在哪個世界，材木座（暫定）都很吵。

雪乃盯著八幡的側臉。她不懂將棋，八幡果然處於劣勢嗎？看他不停搔頭沉吟的模樣，總覺得不像平常的比企谷同學。太不自然了，真無趣——

……不對？

由於太不自然，雪乃歪過頭。

仔細一看，八幡的嘴角微微揚起。其他人都沒發現，但雪乃看得出來。不，這樣講好像他們之間有什麼特別的羈絆，好羞恥。比企谷同學總是像這樣在我身上尋求真正的理解，傷腦筋。

「下啊，下啊，怎麼啦怎麼啦！你的力量就只有這點程度嗎！」

材木座（暫定）完全沒發現這個小細節，不斷愉悅地大笑。

然後像突然想到什麼似的，望向棋鐘。

「呃啊啊啊啊！」

大驚失色。

正在減少的，是材木座（暫定）的時間。

「啊，啊，啊……」

眼鏡男孩喃喃說道「他忘記按棋鐘了」。那個人常因為太專注在盤面上，下完棋就忘記按自己的按鈕。

不過，通常對手都會提醒。偶爾——真的是偶爾——會有明知道對手沒按棋鐘卻不下下一步棋，一直等對手的時間減少的人……

「卑、卑鄙小次郎！竟然不敢跟我堂堂正正一決勝負！」

材木座（暫定）現在才著急地按下按鈕，可惜為時已晚。

只要有持子時間用完就算輸這條規則，局勢再怎麼對自己有利都沒關係了。

即使他將一直只選擇拖延時間的下法的八幡逼入絕境，也無法挽回失去的時間。

「好，我贏了。」

通知時間耗盡的鈴聲響起。

「下、下一個是我。請多指教……」

第四名對手戶塚（暫定）非常緊張。

看起來是在想八幡這次會做什麼，擔心過頭了。

雪乃搖搖頭。

這樣不行。被這個野蠻的男人看見你破綻百出，不用想都知道他會用什麼手段凌辱——

「——哈啾！」

「哇！」

果然，一瞬間就分出勝負了。

戶塚（暫定）拿起棋子的瞬間，八幡打了個大噴嚏。

他的手抖了一下，棋子不小心掉出來，滾到跟本來想下的地方不同的方向。
「你走兩步。是我贏了。」
八幡理所當然似的宣布勝利。

×　×　×

「各位，抱歉……我沒打算那樣下的……」
戶塚（暫定）咬著下脣跟其他社員道歉。
那雙大眼盈滿豆大的淚珠，講話抽抽噎噎，都快哭出來了，將棋社社員紛紛輪流安慰他。
戶塚（暫定）在這個社團中，肯定也是吉祥物般的存在。
他們一下叫他不要放在心上，一下說八幡不遵守禮節。
社員們溫柔安慰輸給卑劣手段的同伴，頻頻瞪向八幡。若要盡量用委婉一點的詞彙形容——就是充滿汙衊及憎惡吧。八幡毫不介意從四面八方刺在身上的視線。
僅僅是孤高、超然地，穩穩坐在針氈上。
比企谷八幡這個人，總是活在這樣的世界中。
明知道自己不對，還刻意選擇不正確的做法，以導正只會走在正確道路上的將棋社。

雪乃心不在焉地想。總覺得——那是非常純粹的人生態度。雖然她不知道原因，也絕對不想代替他的位置，不知為何就是這麼覺得。

「——無聊。」

遠方傳來不屑的罵聲。

圍住戶塚（暫定）的社員惶恐地讓開一條路。

他們的行為意味著，聲音的主人是將棋社絕對的統治者。

「垃圾在那邊互舔傷口，輸了就是輸了吧。但我（本小姐）不會承認的。」

是三浦（暫定）型。

團體戰的主將兼改變社團氣氛的女王蜂……他當然是男的。也不會像三浦那樣用「本小姐」自稱。

搞不好是因為比企谷同學的關係，導致我的眼睛跟耳朵也出問題了。雪乃感到憤怒。我要你負起害我身體產生變化的責任。

「贏了我，我就同意你入社。如果你輸了，就不准再踏進這裡。」

三浦（暫定）語氣尖銳，銳利如刀刃的視線忽然落在雪乃身上。

「——你也是。」

正確地說，不是雪乃——

「啊，啊，啊……」

她旁邊的眼鏡男孩像被刺中一樣，瑟瑟發抖。

他知道是我找他來的？怎麼會。那我之後該怎麼辦？

這麼頻繁地跟雪乃說話，自然會被懷疑跟侍奉社有關係。你也該發現我都沒在回話了吧。

「好了，快把棋子排好。」

一將棋子放回初期配置，三浦（暫定）就忽然高高舉起棋子。沒有問候，也沒有宣布比賽開始。

第一步棋就用力砸在棋盤上，將八幡的棋子遠遠彈飛。緊接著拉倒隔壁的桌子，讓其他棋盤的棋子也掉在地上，跟原本的棋子混在一起。

然後按下棋鐘，開始倒數計時。

那卑鄙的舉動——無疑是八幡剛才對社員做的事。三浦（暫定）直接將八幡的挑釁原封不動地還給他。

面對慘不忍睹的棋盤，八幡搖搖頭。

「……原來如此，原來如此。」

「你有意見嗎？」

「沒啊？怎麼可能有。這樣就對了。」

三浦（暫定）瞪著八幡，八幡嘴角扯出扭曲的笑容。

「啊，啊，啊……」

臉色蒼白的眼鏡男孩嚇得嘴脣都在打顫，依然做好了解說員的工作。

剛才的社員也都有段位，但這個人是特別的。業餘五段，還做為高中生的千葉縣代表參加過全國大賽。以我的等級，就算他讓我飛車和角這兩個棋子，也會輸得很慘。

雪乃完全是左耳進右耳出，不過千葉代表這頭銜挺帥的。只要冠上千葉代表四個字怎樣都帥。例如千葉代表貓咪，真是太棒了。可惜現在不是想那些的時候。

極其偶然的情況下，會有優先順位比貓更高的事。

例如──欣賞眼前這場化為激烈互毆的比賽。

三浦（暫定）八成是相當好勝的人。

八幡下棋的瞬間，他會迅速接著下。彈飛他的棋子，用力拍打棋鐘，不管在棋盤上還是棋盤外，都正面回擊八幡卑鄙的計策。

以眼還眼，以牙還牙，以猛毒攻猛毒。

「……啊，啊，啊……」

沒救了──眼鏡男孩嘀咕道。

棋力差距太大的對手對自己使出同樣的手段，不可能贏。

「──4五桂喔，4五桂。」

再加上就算八幡將他的棋子遠遠彈飛，三浦（暫定）也會立刻開口。無法親手將棋子下到棋盤上的話，用指的說出自己要走哪一步棋也可以，正式規則有這麼一條，的樣子。

八幡則不能如法炮製。以他的棋力，非得把棋子放回棋盤上才能想下一步棋。因此他的時間一定會比三浦（暫定）更緊湊。

三浦（暫定）下的棋，確實是最適合將死八幡的下法。

啪，啪。每當棋子掉落、棋鐘搖晃，社員們都會大聲嚷嚷。逼死那個異類。打倒那個卑鄙小人。

啪，啪。每當拳擊般的敲打聲響起，社員們都會握緊拳頭。排除不正確的東西。在他走上正確的道路前別讓他加入。

雪乃對將棋一竅不通。

可是她看得出來，八幡真的陷入苦戰。

他的身體在微微晃動。眼球充血，臉頰發紅。在受到這麼多人抨擊的情況下孤軍奮戰。

輸掉吧。輸掉吧。輸掉吧。不正確的傢伙給我輸掉吧。

聽著將棋社社員激情的大合唱，置身於驚人的疏離感之中。

「……比企谷同學。」

雪乃下意識握緊雙拳。

就算全世界的人都排擠你。就算全世界的人都對你不抱期望。

我──就我一個人，偶爾也不是不能誠心為你祈禱。

比企谷同學。即使你性格乖僻，不受歡迎，仍然是我的──只屬於我的，比企谷同學。

──加油。

這時，所有的聲音都消失了。

× × ×

比賽結束。

再怎麼看棋盤，雪乃也看不出是誰贏了。計算了一下，沒有湊齊五張牌的樣子。還能怎麼分勝負呢？

雪乃連忙左顧右盼。

「……？」

然後疑惑地歪過頭。

身邊的將棋社社員，看起來也都搞不清楚狀況。

眾人都目瞪口呆，只有一個人。

「我還沒下。」

只有八幡臉上帶著淺笑。

「……啊？什麼？」

三浦（暫定）驚訝地回問，八幡當著他的面拿起角落的步兵。

敲在棋盤邊緣，格子外面的地方。

「我只是假裝有下，棋鐘也只是拍了按鈕旁邊而已。」

那個動作在對方眼中，怎麼看都是下完棋了。三浦（暫定）原本就判斷這是場跟時間的競賽，兩人跟拳擊一樣正在高速互毆。

因此他才迅速下了下一步棋——

「你等於連走兩步。是你輸了。」

「——什麼!?」

「這樣我的入社申請就通過啦。以後請多指教。」

三浦（暫定）氣得臉色發紫。是危險的顏色。

「你這人，到底有多卑鄙！」

他踹倒椅子，抓住八幡的領口。沒人阻止得了他。不可能去阻止。因為社員都跟三浦（暫定）有同樣的心情。棋子多出來、時間耗盡、連走兩步，盡是用卑鄙的手段引人犯規，笑著接受的人才奇怪。

正當他激動地舉起拳頭——

「好了，到此為止。」

鼓掌聲傳來。

眾人反射性望向門口。

將棋社的顧問站在那裡。不知道什麼時候來的。

他穿著與修長身軀相襯的整齊西裝，緩緩走到社辦中央。是會自然而然引人注目的人種。三浦（暫定）立刻安靜下來，大概是社員也對他另眼相看。

用八幡的說法，就是葉山隼人（暫定）型吧。那名顧問又拍了一次手，這次是為勝者獻上掌聲。

「分出勝負了。到此為止。真是場有趣的比賽。」

葉山（暫定）直盯著八幡，對他微笑。

「你是叫比企鵝同學？你的棋力我沒有仔細確認過……但我認為你為今天的比賽認真鍛鍊過。你很強。應該能變得更強。」

然後像理解一切似的，瞥了眼鏡社員一眼。

「不過，他說得沒錯。將棋是在跟對手對話。勝利就是正義，但並不代表正義之人什麼都可以做。你是想表達這個意思，才下了『叫比企鵝同學過來』這步妙棋對吧？」

「啊，啊，啊！」

「將棋棋手沒有力量就無法生存。可是，光有力量不具意義。看來我的指導方針有問題，真對不起大家。」

平靜的聲音，溫柔地傳遍社員們的心。

他們眼泛淚光，雙手握拳，自然聚集到葉山（暫定）身旁。

顧問環視眾人，微微一笑。

「我們大家都輸了。所以，要不要現在開始重來一遍？」

「啊，啊，啊……」

「因為——真正的將棋是非常有趣的！」

所有人都歡呼出聲。

三浦（暫定）、戶塚（暫定）、材木座（暫定）、由比濱（暫定）一起抱住葉山（暫定），又哭又笑，有的人跟對方道歉，有的人跟對方重修舊好。

高潔正確美麗，青春的一切都濃縮於此。

五戰全勝的八幡身邊，沒有半個人。

「……回去吧。」

八幡跟平常一樣，理所當然似的，獨自起身離去。

× × ×

委託人說他改天會再來鄭重為此事道謝。帶著所有社員拜託八幡「求你千萬不要加入將棋社」的道歉信。

唯有眼鏡男孩帶過來的將棋盤和棋子留在侍奉社社辦。

似乎是一點心意。

在那之後，八幡從來沒碰過將棋。

虧他那麼努力……虧他實現了我的祈願。

她僅僅是覺得棋盤放在社辦桌上的角落積灰塵很可惜，心裡完全沒有一絲鼓勵或安慰之類的心情──

「偶爾要不要下一局？」

雪乃停下在翻閱書頁的手，瞄了八幡一眼。

「……跟妳？」

「不要就算了。」

雪乃並未說明理由，因此八幡歪過頭，接著移開視線。

「……好吧，也不是不行。」

他沒有多問，輕輕點頭，著手將棋子排成初期配置。

雪乃也有樣學樣，笨拙地排好棋子。湊到五個步兵算輸對吧？

「那，請多指教。」

「嗯。」

她彬彬有禮地低下頭，頭上傳來簡短的回應。看他沒打算找棋鐘，這次他似乎願意好好下棋，而不是引誘人犯規。

雪乃發著呆等待，八幡露出「我先嗎？」的表情。沒錯，你先。因為我其實不太懂將棋。

只知道八幡之前說過的那句話。

『將棋到頭來就是只憑實力說話的遊戲。』

跟弱者下棋沒有意義。跟連規則都不懂的雪乃下棋，八幡也得不到任何好處。

既然如此，這段時間又是什麼？

我純粹是心血來潮，完全沒有深意。

他又是懷著什麼樣的心情陪我下將棋的呢？

「……呵呵。」

雪乃輕輕搖頭。

想也沒用。因為我們的青春無時無刻都走在錯誤的道路上。

雪乃不知不覺間露出柔和的微笑。

一直，一直等待他的那步棋。

雪之下雪乃和比企谷八幡出乎意料的第一次上臺演出

天津向
插畫：うかみ

我，比企谷八幡邊走邊煩惱。理由要追溯到不久前在教職員辦公室的對話。

一走進教職員辦公室，平塚老師就對我招手。

「你來啦。」

「您有事找我，我當然會來。不過看您的表情，我知道不會是什麼好消息。」

「是嗎？既然你已經知道，那就好說了。」

平塚老師毫不在意我最高級的諷刺，從桌上拿起一張紙遞給我。上面寫著「地區親睦會舉辦通知」。

「呃……請問這是？」

「就算是你，光看這個也看不出來嗎？」

「那當然。於好於壞您都對我評價過高了。」

平塚老師把手撐在桌上，露出「是喔」的表情，我看不出她的真意。

「市內要召集當地的小孩舉辦親睦會，我接獲委託，希望侍奉社的人幫忙表演某個節目。」

原來如此。聽起來真麻煩。

「表演啊。為什麼非要由我們來？這種東西要由專業人士負責才行，外行人來弄會死得很慘，這可是定論喔。」

「別一開始就否定。聽我說完。」

「那個表演是人偶戲之類的嗎？由比濱感覺很擅長那種東西。雪之下大概也不會不擅長。」

「別巧妙地排除掉自己。」

唔唔，果然被抓包了。或許就是因為於好於壞她都對我評價過高，才會導致我動歪腦筋的時候被發現。

當事人平塚老師一副「你在想什麼我都看穿了」的態度，面不改色地看著我。

「而且對方想請你們表演的不是人偶戲，而是搞笑節目。」

「……搞笑節目？」

我訝異地回問。不，如果真的是字面上的意思，她剛才說的可是最糟糕的委託。

「沒錯。以漫才、短劇、單口相聲、落語等等廣為眾人所知的那個搞笑節目。」

「原來如此。那比起侍奉社，找落語研究會之類的應該更適合。所以我先告辭了。」

我正準備轉身走出教職員辦公室，手臂就被人用力抓住。

「比企谷，你也知道吧，我們學校沒有落語研究會。」

「咦？是嗎？在我知道的世界觀，本校好像有落語研究會、漫才研究社、短劇社等社團喔。」

「你再怎麼穿越時空，這件事要麻煩你們侍奉社的事實都不會改變。」

聽見她的覺悟，我垂下肩膀，放棄掙扎。大嘆一口氣轉過身，平塚老師微微揚起嘴角看著我，彷彿看穿了我的心情。

「那老師，我想針對這件事直接問您幾個問題。」

「好啊。」

「為什麼要幫侍奉社接下這起委託啦！搞笑節目是什麼鬼！我們根本沒經驗！」

我提出聽見這件事時就產生的疑惑，眼前的老師卻依然神情自若。

「沒經驗不代表不適合。」

這什麼薛丁格的想法。「沒試過所以無法判斷適不適合」，太不合邏輯了。

「而且比企谷，你之前不是說過嗎？」

「我？」

「看到班上的同學在鬧，你說『那種人就是會覺得自己很搞笑，試著表演漫才，結果把氣氛搞得超尷尬啦，活該ｗ』。」

……糟糕。我想起來了。肯定是戶部那群人。那些傢伙覺得在耍白痴的自己任誰來看都會覺得有趣，我為此感到不滿。

「接到這起委託後，我稍微調查了一下『搞笑表演』，看來『搞笑』這種事比起開朗的人，內心陰暗的人更適合。既然如此，我想委託我心中陰暗、陰沉人類的代表比企谷率領的侍奉社幫忙。」

「陰暗的人比較擅長搞笑」這個說法是有道理的，某位不斷想出創新笑點的藝人曾經說過，這是因為陰暗的人會從扭曲的角度看待事物。所以我明白這個道理。但性格陰沉跟這件事一點關係都沒有吧。

「總之，我已經跟人家講了，侍奉社會負責表演某種搞笑節目。」

「原來是先斬後奏啊。」

「客人是町內會的小學低年級生到中年級生，男女約三十人的樣子。日期是兩週後。交給你們啦。」

事已至此，平塚老師是不會退讓的。沒辦法。哎，找由比濱商量看看吧。那傢伙搞不好會興致勃勃地說「漫才！不錯呀，試試看吧試試看吧——！」。搞不好還會順勢說出「我來講單口相聲——！」減少我的負擔。哇，如果她真的這麼做，由比濱根本是女神。我要推爆她。

我邊想邊走向門口，平塚老師遠遠對我舉手。

「對了！萬一人家說侍奉社的搞笑節目有夠爛，害我們未來的學生變少就糟了，所以無論如何都要讓表演大成功喔！完畢。」

她在最後塞了個大難題過來。

我思考著該怎麼處理這個強人所難的委託，走向侍奉社社辦。因為我認為，最好將我現在的心情如實告知其他成員。我一口氣拉開門，看見由比濱在裡面滑手機。

「啊，自閉男。嗨囉——」

「嗨，妳跟平常一樣忙著滑手機呢。」

「對呀——收到一堆簡訊。可不可以等我一下？有簡訊要回。」

我望向正在用雙手回簡訊的由比濱，心想「現充得花真多時間跟人交流」。我坐到由比濱對面，等待她跟朋友傳簡訊玩完確認遊戲。

「這樣就都回完了。」

「朋友多也很辛苦呢。」

「你在諷刺我吧。」

跟我相處久了，現在她也能聽出我的言外之意。我發自內心感慨。

「跟她們當朋友，我真的很開心，你應該一輩子都不會明白就是了。」

「是嗎？我只是無法接受又沒有深交，就只有在那邊互傳訊息道早安的這種關係而已。」

「你想太多了啦。像我們剛才就約好之後要去購物中心玩。」

我聽了更加畏懼現充這種生物。半強制性地被迫跟僅僅是碰巧同年碰巧同班的人打好關係，連假日都不得不一起度過，根本是苦行。上輩子到底造了什麼孽才要受這種苦？我深深嘆息。

「自閉男，你在想什麼都反映在臉上了。」

由比濱瞇眼看著我。

「是喔。那妳知道我在想什麼嗎？」

我盯著由比濱。由比濱立刻別過頭，大概是受不了我的視線。

「不要盯著我看……」

「幹麼？這麼不想被眼神凶惡的人盯著看？」

「我又沒那樣說！」

由比濱鼓起臉頰否認。是嗎？那就好。雖然是我自己說的，如果她真的不想被我盯著看，我會難過得要命。

「先不開玩笑了。剛才平塚老師跟我說，有人委託侍奉社在為當地的小孩舉辦的親睦會上表演搞笑節目。」

「咦？什麼東西？聽起來超有趣的。」

果然跟我想的一樣，由比濱很感興趣。

「對吧？妳也有一兩個喜歡的藝人吧。」

「嗯！我喜歡那個藝人！會用『金滴不好意素』道歉的人！」（註14）

舉了個比想像中還冷僻的例子。是說那是很久以前的搞笑藝人耶。聽說他現在仍在努力。

「這可是能跟妳喜歡的藝人做同樣的事的寶貴機會。妳有興趣的話要不要試試看？」

「好呀！我要！什麼時候？」

「兩週後的星期六。」

「兩週後的星期六是吧！那就是下個月月初的……啊。」

始終面帶笑容的由比濱面露憂鬱。

「……抱歉，那天可能不方便。」

註14　指日本搞笑藝人「Desuyo。」。

「怎麼了嗎？」

「我跟人有約了。」

由比濱秀出手機螢幕給我看，上面寫著——

『那就決定下下禮拜六，大家一起去逛那家購物中心囉！不准像之前那樣拒絕。』

寄件人貼心地寫著「優美子」。肯定是三浦優美子。由比濱嘿嘿苦笑。

「這……非去不可嗎？」

「這還用說！她都說不准拒絕了。」

「呃，我知道……但這不是搞笑時會故意在那邊『裝』嗎？」

「裝？」

由比濱歪過頭。

「我之前看到一個搞笑藝人在電視節目上說，叫人不要推的時候，反而是要人推他。跟這是同樣的道理吧？」

「當然不同！優美子才不會跟搞笑藝人想的一樣！」

由比濱搖頭否認，看她這個反應就能知道三浦是什麼個性。好吧，總之就是這樣。

「真的是剛才那封簡訊才決定好日期的，時機真不巧。」

明明有這麼有幹勁的人，時間卻對不上，我難以服氣，但這也沒辦法。冷靜一想，由比濱喜歡的搞笑藝人是「Desuyo。」，再加上她聽不懂我剛才說的「裝」，上了臺說不定也只會冷場。

「真的對不起！」

由比濱雙手在面前合掌。我告訴她「沒關係」，吸了口氣，做好覺悟。

嗯，來想單口相聲的劇本吧。

× × ×

我和由比濱道別，離開侍奉社回到家，在房間對著筆記本沉吟，想單口相聲的劇本。選擇單口相聲的理由只有一個。由比濱沒空。這樣就只剩下雪之下。可是雪之下不可能接受這起委託，那就由我來講單口相聲。照理說，這是最有建設性的解決方式。雖然我很不甘願。真的很不甘願。超級不甘願。

然而，對著筆記本思考了兩小時，我驚訝地發現自己什麼都想不到。咦？劇本要怎麼寫？「好笑」是什麼？想得出梗的搞笑藝人該不會都超有才華的吧？搞笑藝人真的厲害到只能以尊敬兩字形容！

……就算我這樣想，值得尊敬的搞笑藝人也不會幫我寫劇本。

不過仔細一想，要表演的又不一定要是我寫的劇本。對象是小學生。表演給小學生看的梗，會讓他們覺得「啊，那個梗我看過喔」嗎？不，不可能。好。

去抄別人的吧。

一下定決心，我就用電腦打開影片投稿網，尋找默默無聞的單口相聲演員的影片。既好笑，又帶有看起來像高中生所寫的粗糙之處的劇本……

我用電腦找了一小時左右，找到一個不錯的劇本。內容是不知名的藝人以「沙包」的身分故意講惹人厭的話，讓別人揍自己。就是它。感覺很像講話惹人厭的我會想出來的劇本，這個梗也有邏輯性。

我看了好幾次那段影片，把臺詞寫到筆記本上。一寫完就馬上看著筆記本開始練習。

「我是沙包。隨時可以揍我。那我要上囉……你穿的衣服全是你媽在義賣會買來的吧？咚！」

我像影片一樣做出被打的動作。嗯，不錯喔。感覺會受歡迎。

之後，我不斷拿這個劇本練習。練習了好幾次。

練習得愈多次，我心中的疑惑愈來愈強烈。

這個梗好笑嗎？

光看影片是挺好笑的，但我愈是練習就愈無法判斷是否真的好笑。我覺得這很有趣，可是會不會只有我一個人這麼認為？莫名的孤獨感折磨著我。

「如果有人能幫我看看就好了。」

不過現在這時間能幫我看的人……

不。只有一個。雖然不知道會被說成什麼樣子，為了緩解我的不安，還是讓她看一次比較好。

我如此心想，走出房間。

「哥哥，小町覺得那個梗一點都不好笑。」

看完我的表演，小町開口第一句話就讓我心靈受挫。

「呃，哥哥突然叫小町看你表演的時候，小町還在想『這個人在說什麼啊？』懷疑哥哥腦袋有問題，看完後小町還是覺得哥哥腦袋有問題。這是什麼？某種懲罰遊戲嗎？」

「不是懲罰遊戲，但類似。」

「小町不懂哥哥的意思。不過改成更容易受小學生喜愛的內容會比較好吧？還有，你說這是懲罰遊戲，但被懲罰的反而是要看哥哥表演的小町喔。」

雖說不是自己想的梗，被人批得一文不值，還是會非常沮喪。藝人都得承受這種批評嗎？竟然得面對這麼不負責任的批評，搞笑藝人真的厲害到只能以尊敬下略。

「哎，雖然不知道哥哥為什麼在做這種事，勸你開心一點比較好。不要擺著一張臭臉。小町覺得這樣分數比較高。」

我開不了口告訴小町「我有在刻意露出笑容耶」。

隔天放學後，我一面思考「劇本要怎麼辦呢」，來到侍奉社社辦，雪之下站在裡面看書。

「辛苦了。」

聽見我的聲音，雪之下抬起頭，一句話都沒說就把視線移回書上。

「不要無視我。我會受傷。」

「哎呀，這樣啊。我還以為這點小事你已經習慣了。」

「習慣歸習慣，還是會難過。」

雪之下闔上書望向我。今天她的表情也一樣冷靜嚴肅。

「妳昨天沒來。」

「老師有事找我幫忙，所以我去了那邊一趟。是以侍奉社的身分進行的活動，所以不成問題。」

「哦——是喔。」

雪之下用銳利的視線看過來，我被她的氣勢震懾住，忍不住移開目光。

「由比濱同學呢？」

「在教室跟同學聊天。他們聊得很起勁，可能會晚點才來。」

「是嗎？那麼最好趁由比濱同學不在的這段期間解決。」

雪之下這句話害我有點緊張。什、什麼東西？

「比企谷同學。」

「幹、幹麼？」

雪之下平靜地說，看起來異常成熟，我的心跳瞬間加快。

「讓我看看你想到的梗吧。」

「……梗？」

這個怎麼想都不可能從她嘴裡說出來的詞彙，使我大吃一驚。

「梗，是指那個梗嗎？」

「對。是用來搞笑的梗。不是壽司的餡料。」（註15）

「感謝妳貼心的說明──不是啦。妳怎麼知道我要表演？」

「我不是說昨天老師找我嗎？」

聽雪之下這麼說，我明白了。

註15「梗」及「餡料」日文皆為Neta。

「那個老師是平塚老師啊。」

「沒錯。然後，她還跟我說了之後要辦親睦會。」

原來如此。既然她已經知道，那就好說了。

「是說，妳願意幫我看喔？妳喜歡搞笑節目嗎？」

「不，並不喜歡。幾乎沒看過。但我想看看你打算表演什麼。」

所以是完美超人雪之下雪乃的好奇心使然囉。

「總之謝了。我也正好想表演給其他人看，看看他們的反應。」

講到這邊，小町昨天的反應閃過腦海。

「不過比起嚴格地審視，我比較希望妳抱持著在看有趣的東西的心態。」

「說得也是。畢竟你等等就要表演有趣的東西逗我笑。沒問題。」

這女人在提高難度，不曉得是不是故意的……也罷。難度提升到這個等級，我反而無所畏懼了。

「那我就來表演一下。短劇《沙包》。」

「……就這樣，今天沙包的工作到此結束。謝謝大家。」

我低頭一鞠躬，雪之下送上寥寥無幾的掌聲。我抬頭擦掉額頭的汗水。不是熱出來的，這些全是冷汗。

因為雪之下在我表演的期間表情都沒變過。誰來看都稱不上笑容。
好，別問她感想了。反正早就知道會受傷，何必多此一舉。任何生物都明白這個道理。

「好，表演完了，那我回去──」

「挺有趣的。」

「不用跟我說感想……咦？」

我沒想到雪之下的感想會是這句話，為此不知所措。

「等一下。妳剛才說有趣？」

「嗯。我覺得挺有趣的。至少對我來說。」

「真的嗎？」

我高興得不小心提高音量。

「具體上來說，是哪些地方有趣？」

「這個嘛，沙包這個設定有點老，不過讓人打的理由是惹火對方，這個主意滿好的。沙包的臺詞很有真實感，觀眾容易引起共鳴，這一點我也覺得不錯。」

嗯，誇人有必要說得那麼複雜嗎？簡單地說就是這個部分和這個部分不錯嘛。

雖說不是我自己寫的劇本，真沒想到被人稱讚會這麼高興。

「妳評價這麼高我很高興，可是妳完全沒笑耶。」

「哎呀？是嗎？我還以為有表現在臉上。就算我沒笑，我很讚賞你把這個梗寫成如此完整的劇本。」

雪之下淡漠地說明。她不是會奉承人的個性。既然她這麼認為，應該是真的覺得有趣。

「那妳還有其他看法嗎？具體上的批評之類的。」

「噢，這個嘛。嗯——就我看來，總覺得有點說明不足。如果有人能幫忙做出反應，解釋現在是什麼狀況，應該能更加明確地將主旨傳達給觀眾。」

雪之下又講得這麼複雜。我邊想邊咀嚼她想表達的是什麼意思。

「也就是說……有個人在旁邊說明就行了？」

「有的話，觀眾應該能理解得比較快。」

我腦中浮現一個問題，不如說可能性。說不定雪之下會答應這個提議。

「雪之下，我有個提議。」

「什麼？」

「方便的話，可以在這個搞笑節目上——」

「不要。」

「反應太快了！妳還沒聽我說完吧！」

看我這麼激動，雪之下嘆了口氣。

「我知道你要說什麼。八成是要我跟你一起表演搞笑節目對吧？」

「嗯。可以當我的搭檔，跟我一起上臺嗎？」

「為什麼我要做那種事？我拒絕。」

雪之下一副這個話題到此結束的態度，再度翻開書，視線移回書頁上。糟糕。怎麼辦？

老實說，雪之下的意見我深有同感。看到這個短劇的影片時，我也覺得如果有個人負責吐槽會比較好懂。都練習到這個地步了，我不希望場面被我搞僵。如果雪之下願意幫忙是最好的，我該怎麼做……

「這樣啊這樣啊。眼前有人需要幫助，雪之下同學卻不肯伸出援手。」

我用顯而易見的言詞刺激雪之下。然而，雪之下決定無視一切。

「真想不到。我還以為妳是會稍微幫一點忙的人。這樣啊這樣啊。明明有解決方案卻不去做，妳的器量就只有這點程度。」

「……這話什麼意思？」

好，上鉤了。雪之下很強。正因為很強，有解決方案卻不付諸實行這種事，她應該做不到才對。

「而且這不是我一個人的問題。孩子們照理說都在期待這場表演。考慮到他們的心情，不覺得很可憐嗎？」

我故意垂下肩膀。我演得很爛已經沒差了。重點在給予情報。不出所料，雪之下不知何時闔上了書，雙臂環胸。

「……原來如此。既然是為了孩子們，那就沒辦法了。我也來幫忙。」

「真的嗎？謝謝。」

「不過，我完全不懂搞笑，這部分你要負責想辦法。」

「好。那我演一遍剛才的短劇，妳即興吐槽一下。」

「吐槽就是否定，或是補充的意思對吧。知道了。」

好嚴肅的解釋方式，沒問題嗎？她行嗎？不過頭都洗一半了，也只能試試看。

「短劇《沙包》。」

「現在他要帶來的，是『短劇』這個獨自為各位帶來歡笑的表演。」

「歡迎光臨。噢，我是做沙包的。」

「所謂的沙包，是指以一次一百元的定價讓人毆打的人。話雖如此，並不是真的要被打，通常也可以躲開對方的拳頭。因此大多數都是由退休後的拳擊手擔任。至於這個行業的起源——」

「太長了太長了太長了！」

我受不了，制止雪之下說明。

「現在是在演短劇，不必把沙包說明得那麼細。」

「為不知道的人說明比較貼心吧。」

看到雪之下露出「幹麼阻止我？」的表情，我明白她是真心這麼認為。原來如此，她對搞笑一竅不通到這個地步。

「放心，用不著講這麼多觀眾也聽得懂。那繼續囉。妳也要加進來演。」

「照這個設定對吧。知道了。」

雪之下同意了，因此我繼續表演。

「總之要不要揍我看妳自己。要試試看嗎？」

「說起來，你現在在橋上做生意，有先跟警察徵求許可嗎？」

「咦？」

我回問。

「這種事情如果不跟警察申請道路使用權的話，真的會違法，請問你有先去申請嗎？」

「呃，我說，雪之下。」

「你自己要觸犯法律做什麼事，是你家的自由，但我覺得把其他人牽連進去不太好，這部分請你多加留意。」

「妳還沒動手我就被罵到遍體鱗傷了！」

我放聲大吼。

「短劇的內容完全不一樣！變成搶走沙包的工作痛罵他的劇情了！妳在幹麼啦。」
「我只是在說明理所當然的常識。這就叫吐槽吧？」
竟然會直接見識到雪之下在這種意義上的深閨大小姐感。我有點想笑。
「不是嗎？」
她不安地詢問，我慢慢搖頭。歸根究柢，要和對搞笑只有這點知識的人一起表演，根本不可能。
「沒事。是我不該找妳幫忙。我一個人來就好。謝啦。」
每個人都有做得到和做不到的事，跟叫烏龜跑快一點也沒用，叫馬長出翅膀飛天也沒用一樣。對雪之下來說就是吐槽，僅此而已。
「那我先回去了。」
「……」
雪之下頭低低的，沒有看轉身離去的我一眼。
隔天放學後。我收拾好東西，打算今天直接回家，走出教室時發現雪之下站在門口。
「喔。怎麼了？找由比濱有事？」
「不是。我要找的是你。」

「找我？」

「等等到侍奉社的社辦。這是命令。」

說完她就快步走向社辦……咦？什麼啦，什麼命令啦。算了……去就去。

我跟著走向雪之下前進的方向，然後拉開侍奉社社辦的門，回頭一看，雪之下氣勢洶洶地站在眼前。

「我來了，妳要幹麼？」

「演短劇給我看。」

雪之下的回答再度出乎意料，我的大腦都跟不上了。

「什麼意思？」

「再演一次昨天的短劇。」

「為什麼啦，莫名其妙。」

「別問那麼多，演就對了。」

看她這麼頑固，演短劇似乎是強制事件。沒辦法。我站到雪之下面前，清了一次喉嚨。同樣的短劇再演一次，很難逗人發笑吧。

「那開始囉。短劇《沙包》。」

「沙包是指收錢給人打的人。」

「歡迎光臨。我是做沙包的。錢我會收下，不過揍不揍得下去就看妳自己了。要試試看嗎？」

「好呀。我剛好心情不好，讓我試試看吧。」

雪之下慢慢站到我面前。

「可是要妳揍不認識的人，妳也揍不下手吧。所以我會說一些讓妳比較揍得下去的臺詞，妳聽了後再試試看。」

「知道了。」

「那我要說囉……咦？妳的頭髮是不是剪壞了？沒有？不不不剪壞了啦！絕對剪壞了啦！」

語畢，雪之下的巴掌用力往我臉上揙過來。因為她實在太認真，我拚命閃了開來。

我們照這個感覺繼續演下去，我勉強閃掉一次又一次的巴掌，平安演完這齣短劇。我為一件事震驚不已。演短劇的期間，雪之下的吐槽技能一直在提升。

「喂，怎麼回事？妳跟昨天判若兩人，變得會吐槽了。為什麼？」

「我回家研究了搞笑。」

仔細一看，雪之下的眼睛旁邊有淡淡的黑眼圈。

「我一直在影片網上看各種影片，學習吐槽的方式。這樣應該有進步一些。」

「豈止一些。和昨天差太多了。」

沒錯。沒有比雪之下雪乃更不服輸的人。昨天我在離開前這麼說。

『沒事。是我不該找妳幫忙。我一個人來就好。』

這句話對她來說應該非常刺耳。不過，才隔一天就能吐槽得如此精準……不愧是雪之下。

「雪之下，妳的吐槽技術變得這麼厲害，可以直接上場了。請務必跟我一起上臺。」

「這還用說。」

雪之下的表情看起來異常得意。

「啊，對了。有件事想問你。」

「什麼事？」

「我看到有人表演了跟你的短劇內容非常像的短劇，那個人是誰？」

喔，她看到原作的影片了嗎？

「那是職業的搞笑藝人。這個梗也是我跟他借來的。」

「……咦？」

雪之下明顯面露嫌惡。

「這個劇本不是你自己寫的嗎？」

「咦？喔，不是啊。我直接拿那個人的梗來用。」

「……竟然盜用他人的智慧財產。」

雪之下氣得發抖。

「呃，沒有啦，我想說只不過是親睦會，用同樣的梗也沒差吧。」

「別小看小孩了。那種騙小孩的伎倆，肯定會被看穿。所以要演的話得想全新的劇情才行。」

我不知道雪之下為何變得對搞笑如此熱衷，然而聽見這句話，我發現她明顯開啟了某種開關。

「明天給我寫一份新的劇本出來！」

我在內心後悔，自己是不是找了個很可怕的人搭檔。

× × ×

隔天放學後。我拉開侍奉社社辦的門，雪之下和由比濱結衣都在裡面。

「自閉男，嗨囉——」

「喔，由比濱。妳今天來啦。」

我話中帶了些許的諷刺，由比濱卻一臉不介意的模樣。

「我聽說了！你要跟小雪乃一起表演漫才對吧！」

「嗯，不一定是漫才，但我們要一起上臺表演。」

「所以我帶了這東西來！」

由比濱指向兩個金色大領結。

「我跟戲劇社借來的！不覺得戴上這個會很有專業漫才師的味道嗎？」

現在這個時代，幾乎沒有搞笑藝人會戴這麼大的領結吧。為什麼會來這間社辦的女生都跟搞笑藝人不熟？硬要說的話，搞笑藝人的狂熱粉絲應該是女性比較多啊。

「雖然不知道用不用得到，由比濱，謝啦。」

「咦──!?可能用不到嗎？機會難得，戴一下啦！」

「可是根本沒藝人會戴這種領結。那只是想像。」

「有什麼關係。」

雪之下忽然介入我跟由比濱的對話。

「對象是小孩子，以想像為優先比較好。所以這個領結我會心懷感激地拿來用。」

「真的!?小雪乃，謝謝妳！」

我無視握住雪之下的手的由比濱，因為雪之下的搞笑知識大幅提升而感到恐懼。

我說不定找了個很可怕的夥伴。

「那麼該來練習了。新劇本寫好了沒？」

「嗯，好不容易寫好了。但我有點沒自信。」

「那邊看劇本邊演也沒關係，試試看吧。由比濱同學，可不可以幫我們看一下？」

「嗯！可以呀！」

「所以我的願望是死在榻榻米上。」

「你夠了喔。」

「「下臺一鞠躬。」」

我和雪之下深深一鞠躬。一抬起頭，由比濱就帶著佩服的表情鼓掌。

「由比濱同學，感想如何？」

「總覺得超像在講漫才的！」

「這哪門子的感想……」

她的表達能力之差，害我忍不住吐槽。不過，由比濱的反應應該算不錯。昨天我寫了好幾份劇本，摸索著哪種風格才能逗人笑，如今努力似乎有了回報，我誠心感到喜悅。這樣一個禮拜後的親睦會也能順利搞定吧。

「由比濱同學喜歡就好。」

「是說小雪乃，妳的動作很有漫才師的感覺耶。」

「嗯。我看了許多搞笑節目的影片學習。」

「自閉男反而顯得演技很差！」

真的假的。我挺喜歡搞笑節目的說。我以前就會看搞笑節目，所以滿有自信的，沒想到居然輸給只認真鑽研了兩天的雪之下。不，說不定雪之下本來就有搞笑才能，不過我跟雪之下比也沒意義。劇本已經寫好了，這樣應該就沒問題了。

「那麼換下一個吧。」

「是啊……咦？下一個？」

雪之下說的下一個是什麼？在我疑惑之時，雪之下從書包拿出兩張紙。

「接下來換表演我寫的劇本。」

「……咦——！妳、妳也寫了嗎？」

「嗯。因為我想體驗一下寫劇本是什麼感覺。」

我被雪之下那深不見底的熱情嚇得往後縮。這傢伙不只提升了演技，還連劇本都寫出來了。多麼驚人的能力。這就是完美超人嗎？

「由比濱同學，方便再看一次嗎？」

「嗯！」

於是，我們又演了一次雪之下寫的劇本。

「那去海邊也沒好處吧。」

「我不是那個意思。算了。」

「下臺一鞠躬。」

我們跟剛才一樣彎腰鞠躬。抬起臉，由比濱用比剛才大五倍的音量鼓掌，從椅子上站起來。想不到她會起立鼓掌。竟然能在這種地方見識到，我不禁感到佩服。但我的佩服轉瞬即逝，由比濱的反應跟剛才差太多，我無法接受。

「好厲害！這是小雪乃想的嗎？超有趣的！」

「我看了許多表演，考慮到觀眾的喜好想出來的，聽妳這麼說我很高興。」

「真的好厲害！跟剛剛那個比起來根本是天……啊。」

由比濱摀住嘴巴。我瞪向由比濱。

「講啊，講出來沒關係啊。跟我寫的劇本比起來是天什麼？」

「呃、呃——天氣不錯耶！哈哈哈。」

轉得有夠硬。但我也隱約察覺到那個差距了。我寫的劇本也是還算笑得出來的等級，不過跟雪之下的一比，差距顯而易見。

引導觀眾進入狀況的流暢度。用俐落的吐槽推動劇情。主題也符合流行，自然地加入裝傻和耍笨的情節。後半段還回收了剛開始不知道是什麼東西的伏筆。大概稱得上品質非常高的劇本。

「這個劇本很厲害。正式上臺時肯定沒問題。」

「是、是嗎?」

雪之下有點害臊。她應該很高興吧,想掩飾喜悅,嘴角卻掛著笑容。

「這樣觀眾一定會笑得很開心——!」

由比濱開心地擺出勝利姿勢。我和雪之下見狀,露出微笑。

在那之後過了一星期,到了星期日。現在時間十二點半。我們待在公民館的親睦會工作人員等候室。

馬上就要輪到我們上臺。連我自己都感覺得到我在緊張,不停伸手摸由比濱跟戲劇社借來的領結。

『小孩子大約三十個吧?還有數名家長。』

親睦會的工作人員所說的話浮現腦海。是嗎?也對,當然還會有大人在場。意思是總共四十人左右囉。一想到人還挺多的,就愈來愈緊張。

「快換我們了。」

為了緩解緊張,我和雪之下搭話。雪之下卻沒有回應,坐在椅子上碎碎念。

「……書店沒有書。書店沒有書。」

似乎是在複習劇本。

話說回來,這一個禮拜,雪之下像魔鬼教練一樣逼我練習。我跟她說只是三分鐘的表演而已，應該不會有問題，她卻回答「舞臺上棲息著魔物喔」，不肯減少練習量。

是說妳怎麼知道舞臺上棲息著魔物？妳應該是第一次上臺講漫才吧。

算了，慎重一點不會有壞處。所以就算我現在這麼緊張，應該也不至於忘詞。

這時，等候室的門打開，工作人員探出頭。

「馬上就要輪到兩位了，麻煩準備一下。」

「好，知道了。」

雪之下開口回應，靜靜起身，走出等候室。這傢伙真可靠。我跟在雪之下後面準備離開，發現桌上放著一個大領結。

……那傢伙忘記戴了！

雖然表面上看不出來，搞不好她會緊張。思及此就覺得那冷靜的表情也挺可愛的。我拿著她的領結走出等候室。

走了一會兒，前面是通往舉辦親睦會的大房間的門口。雪之下和工作人員站在那邊。

「喂，妳忘記領結了。」

「謝、謝謝。」

雪之下態度僵硬地拿走領結戴上。

『那麼，大哥哥大姊姊馬上就要來為大家表演囉——準備好了嗎——？』

「「好了——」」

我聽見孩子們在大聲回應。

「終於。」

「是啊。」

或許是因為這一個禮拜，我們一直在密集排練吧，我莫名產生了一種同伴意識，不知道是不是只有我這麼想。我甚至覺得，既然雪之下一臉泰然自若的樣子，就不必擔心了吧。

「那麼，接下來輪到兩位上臺。麻煩了。」

「好的。」」

工作人員打開眼前的門。有一堆小孩在看我們。

「大家好——！」

光是看到孩子們的視線集中在身上，大腦就快要變得一片空白，我拚命抑制住緊張感，跑到舞臺上。

「大家好——今天我們是來講漫才的。請多指教。」

雪之下溫柔地打招呼，觀眾也配合她大聲回應。嗯，感覺不錯。

「那麼加油吧。」

「那個，臭臉同學，方便問個問題嗎？」

「叫人臭臉也太過分了吧。雪之下，我叫比企谷喔。」

「我想當當看幼稚園老師。」

儘管有點緊張，講漫才的節奏並沒有亂掉。好，看這情況應該不會出錯。

「那就來試試看吧。」

「謝謝。那我來當幼稚園的老師，你來當幼稚園。」

「幼稚園!?」

我試圖靠動作演出幼稚園。

「呃，誰有辦法當幼稚園啊！為什麼要我當幼稚園！讓我當幼稚園生吧！」

「咦——你好噁心。」

「哪裡噁心！」

這裡是由比濱也笑得很開心的地方。

然而，發生一起出乎意料的事件。

沒人笑。沒人笑啊。不對，有小孩子在笑，但只有兩、三個而已。糟糕。繼續演，繼續演。

「那我來演幼稚園生。」

「好，小熊班的小朋友——」

「在──」

「太小聲了，小熊班的小朋友──」

「在──」

「……小熊班的小朋友──」

「？……在──」

「小、熊、班、的、小、朋、友!!」

「好可怕！不要給幼稚園生這麼大的壓力！」

這是回答的音量大小，老師不停對小孩子施壓的橋段。我第一次看到劇本時也有噴笑。

可是……沒人笑。搞砸了。

糟糕。為什麼？往旁邊一看，雪之下也有點著急。不曉得是不是因為著急的關係，她的語速感覺變得比練習時還要快。

眼前的孩子們一臉失望地看著我們。慘了。怎麼辦？

「啊──」

其中一名孩子轉身想走出房間，被工作人員制止。

「再看一下嘛──大哥哥大姊姊很努力喔。」

看到工作人員講話的速度，我意識到了。工作人員語速很慢。沒錯。跟小孩子講話時，速度大多都會放慢。一定是因為要配合小孩的語速。我們的表演內容和語速卻都是以大人為基準。這樣不行。

「妳認真一點，好不好——」

我放慢語速，想將這件事傳達給雪之下。雪之下卻露出「你講話幹麼這麼慢」的表情，用跟練習時一樣的速度說話。

不行。這樣孩子們聽不懂。快發現。快發現啊。

這時，雪之下臉上浮現非常悲傷的神情。

不是因為自己為漫才所做的努力、所花的時間都白費了，純粹是因為眼前這些孩子那麼期待這場親睦會的表演，出於對他們的愧疚。

至少我是這麼覺得。

是啊。不能回應孩子們的期待，很難受對吧。

我腦中瞬間浮現一個起死回生的主意。但用了這招，雪之下八成又會變得討厭我。

可是這樣做是為雪之下好，也是為孩子們好。

我下定決心。

「那，比企谷弟弟在畫什麼呢——？」

現在演到在幼稚園畫畫的橋段。本來是我回答我在畫媽媽，雪之下說「啊——

是媽媽在對韓系偶像揮手的模樣呢，哎呀畫得還真細」。

「咦？比企谷弟弟在畫什麼？」

我沒有立刻接臺詞，所以雪之下以為我忘詞了，又問了一遍。

「嗯，我在畫的是……大便！」

「咦!?」

意想不到的回答，導致雪之下對我露出驚訝占兩成，鄙視占八成的表情。大概是因為就算是即興發揮，這個回答也太莫名其妙了。不過。

「「「哈哈哈哈哈哈。」」」

雪之下望向笑聲的來源。孩子們同時笑了出來。

沒錯。小孩子最喜歡低級梗。

有辦法加進對話的話就盡量加進去。

「看，這是我的大便。這是田中的大便。這是佐藤的大便。」

我不管三七二十一，瘋狂使用大便這個詞。

雪之下帶著難以形容的表情看著我，孩子們則笑個不停。

「然後，這是大便在大便的圖。統統都是漂亮的大便！這也是大便、大便、大便、大便、大便……」

每講一次大便，笑聲就愈來愈大。小孩子最喜歡低級梗和重複梗。我看過親戚的小孩因為這樣一直笑，所以我知道。

「大便、大便、大便、大便，只有這個是雞雞。老師，我畫得好嗎？」

在一陣爆笑聲中，我看著雪之下眨了下眼。她似乎察覺到了我的意圖，嘆了口氣。

「太低級了吧！夠了。」

我們對臺下一鞠躬，孩子們便送上熱烈的掌聲。甚至還有人仍在捧腹大笑。

「跟大哥哥大姊姊說謝謝，一、二、三——」

「「「謝謝！」」」

我們聽著眾人的感謝聲，回到等候室。

「我現在的心情糟透了。」

回到等候室，雪之下開口第一句話的語氣十分沉重。

「你在想什麼？擅自把劇本改編成那種連我的品行都會受到質疑的樣子。」

「抱歉啦。可是氣氛僵成那樣，我不得不出此下策。」

「在那之前場面是很僵沒錯，不過之後的笑點說不定能逗笑觀眾呀。」

我不認為雪之下是真心這麼覺得。但她就是想這麼說。可見她有多麼認真地對待這場表演。

「不過，幸好孩子們笑得很開心。」

「……或許吧。」

她喃喃說道，拿下領結，露出鬆了口氣的溫柔表情。

「好了，要怎麼跟平塚老師說呢。」

「由你負責想。我不知道該怎麼說。」

「嗯——就說大受好評吧。」

「萬一她聽了後說『既然評價那麼好，在我們學校也辦一場吧』怎麼辦？」

「到時再配合調整劇本。把大便改成排泄物。」

「爛透了。」

我和雪之下自然而然用講漫才的節奏交談，因此我們愣了下，然後輕聲笑了出來。

曾幾何時，雪之下雪乃的頭髮隨著那一天的風搖曳。

水澤夢
插畫：春日步

曾幾何時，雪之下雪乃說過「說不定，沒有人來委託，就這樣平靜地度過，反而比較好」。

現在我重新感受到這句話的重量。

理由很簡單……有委託就會忙起來。

聞名世界的狙擊手迪克·東鄉（註16），藉由同時處理好幾件委託，一年完成了一百件以上的任務。

也就是趁委託A的待命時間及移動時間，處理另一件工作B。不，還得同時為

註16 漫畫《骷髏13》的主角。

C和D做事前準備，才能勉強達到這個數字吧。

連黑社會的大人物和各國總統都另眼相看的超人，才做得到如此完美的多工處理……區區一介平凡無奇的高中生，自然沒那個能耐。

不能要求高中生多工處理。希望沒有工作可以做反而才是正常的。

我──比企谷八幡加入的侍奉社，最近幾天異常忙碌。平常明明幾乎不會有人來，總是悠悠哉哉，現在卻像那位狙擊手一樣，淪落到非得同時處理好幾件委託的地步。

主要原因是顧問平塚老師突然加入的煩惱諮詢信箱服務。

至於她是在哪裡徵求來信的，依然是個謎，不過多虧這個用不著直接到侍奉社社辦就能輕鬆傾訴煩惱的系統，之前偶爾會接到的委託，現在從未間斷過。

運氣不好的是，這幾天的委託疊得跟鬆餅一樣高。

導致我們得四處奔波，行程整個被打亂。

我看差不多有可能形成平行世界了。那些諸多委託，另一個世界的比企谷八幡應該會想辦法解決……

撐過如此的苦行，今天終於成功迎來風平浪靜的放學後。

我和雪之下在安靜的侍奉社社辦看書，由比濱在滑手機。最近頻繁出入社辦的一色，今天似乎沒來。

今天死都不開電腦。就算有人寫信來諮詢，只要沒看見就等於不存在。

「呼……」

雪之下吁出一大口氣，將文庫本放到桌上。然後用手摩挲肩膀，確認肩膀有多僵硬。

「累的話要不要今天就到此解散了？」

「謝謝你的關心。不過我沒事，比目魚同學。」

「只剩下『比』這個字一樣了……」

只要對一個字就行的話，我到最後是不是有可能被叫成Twitter同學？

我、我可不是在擔心雪之下。我只是真的累到不行，想早點回去而已。別誤會了！

……這種傲嬌的固定臺詞在近代日本逐漸褪流行了，好哀傷。很哀傷對吧？

「辛苦了～小雪乃！我幫妳按摩肩膀！」

由比濱精力十足地繞到雪之下的座位後面。

「沒關係的，由比濱同學……我不累。」

雪之下明顯在逞強。因為我知道她這幾天也忙到不行。

我不會虛張聲勢，因為我真的很累。昨天我還一個人用電腦回了多達十五封諮詢信。雖說侍奉社的回信平均只有兩行，沒得肌腱炎真是不可思議。

由比濱沒有理她，把手放在雪之下肩上，誇張地做出驚訝的反應。

「喔——這個！妳肩膀很硬喔～！」

她將身體向前傾，大概是為了施加重量。

雪之下好像放棄掙扎了，任憑由比濱幫自己按摩。

我偷瞄了一下，雪之下全身一動也不動。應該是因為就算加上身體的重量，由比濱的力氣還是太小。那樣看來一點按摩功效都沒用。

「怎麼樣，小雪乃？有用嗎～？」

「嗯，很舒服。謝謝妳。」

儘管如此，朋友願意幫自己按摩應該還是挺令人高興的，雪之下微笑著道謝。

「咦？」

由比濱忽然停下按摩肩膀的手。

她將臉湊近雪之下的後腦杓沉吟。本以為是在聞她頭髮，結果好像不是。

「啊，果然。小雪乃有白頭髮。」

由比濱似乎找到了白頭髮，靈活地捏起一根頭髮。

雪之下的頭髮長及腰部，要將捏起來的頭髮拿到本人面前給她看毫無難度。雪之下看了——

「……真的。」

顯得不知道該做何反應。也是啦，總不可能說「哇，謝謝妳幫我找到白頭髮！小雪乃好開心喔～！」。

由比濱「嘿嘿嘿」笑著詢問雪之下：

「欸欸，可以拔掉嗎？」

「……隨便妳。」

掌握白頭髮命運的由比濱，慎重又大膽地一口氣把它拔掉。

「嘿！」

「嗯……」

雪之下肩膀一顫，輕輕叫了聲。

她的聲音害我覺得有點色，尷尬得望向其他地方。

由比濱一副砍下敵方首級的態度，高高舉起白髮。

「小雪乃連白頭髮都好漂亮～」

的確。一根白髮在社辦的白色燈光照耀下，閃爍如同絹絲的光芒。

「謝謝妳，由比濱同學。我的肩膀舒服多了。」

雪之下呼出一口氣，又開始看書。

由比濱在雪之下道謝後依然站在她背後，用更嚴肅的聲音說：

「啊，還有一根白頭髮。」

「咦……？」

雪之下手中的文庫本差點掉下來，在千鈞一髮之際接住它。

「這根我也拔掉囉。」

由比濱立刻拔掉第二根白髮。

然而，俗話說有一就有二，有二就有三。

「……咦，又一根。」

由比濱的神之手找到第三根白頭髮，迅速拔掉的瞬間，雪之下終於驚訝地轉過身。

「——可、可以等一下嗎？由比濱同學。那真的是白頭髮？有可能只是光線造成的。」

雪之下努力維持冷靜的態度說明，卻掩飾不住內心的動搖。

「沒錯喔，妳看，是白頭髮。我小時候常幫爸爸拔白頭髮，所以很會找。」

說句「真的耶是我誤會了，嘿嘿☆」然後閉上嘴巴不就得了。由比濱平常很懂得察言觀色，是因為曾經身為白頭髮獵人的習性，導致她失去冷靜的判斷力嗎？

不過，連雪之下看起來都受不了了。

「謝謝妳，但已經夠了。雖然白頭髮拔了會變多這個說法，在現代遭到否認，一次拔太多白頭髮會對頭皮造成負擔吧？」

「會嗎？……這樣啊，所以爸爸才會……」

由比濱緩緩抬起視線凝視空中，哀傷地瞇起眼睛。

咦，等等，妳爸怎麼了？一次拔太多白頭髮，對頭皮造成負擔的結果是？

「小雪乃感覺還有白頭髮……」

由比濱好像覺醒了奇怪的使命感，想繼續搜索白頭髮。

我不禁覺得雪之下太可憐，若無其事地插嘴。

「適可而止吧。妳想拿雪之下的頭髮做小提琴嗎？這樣沒完沒了。」

我自己都覺得這句話滿有梗的。拿雪之下的頭髮當弦做小提琴啊，想必會演奏出惡魔般的美麗音色吧咿嘻嘻嘻。

「……！說、說得也是，對不起小雪乃。以前我和爸爸最常靠拔白頭髮交流……所以我不小心想起來了……」

「沒關係，別放在心上。很溫馨的孩童時期呀。」

雪之下乍看之下並不介意，可是……

過沒多久，告知離校時間的鐘聲響起。

不知為何，好不容易從忙碌的生活下得到解放，今天感覺卻異常疲憊。

「我的白頭髮……什麼時候變那麼多了……」

雪之下用微弱的聲音咕噥道。

聽起來像喪氣話的那句自言自語，殘留在耳中。她果然有點受到打擊吧。

白頭髮啊……我也得注意才行。

× × ×

隔天放學後。由比濱接在雪之下和我後面走進侍奉社社辦。

「嗨囉──」

「嗨囉──」雖然是很神祕的招呼語，每天都在聽的話就能藉由嗨囉的嗨囉程度，掌握嗨囉由比濱的精神狀態及身體狀態。

今天的嗨囉粗估有8.5嗨囉……不，差不多8.7嗨囉吧。

跟基本值10嗨囉比起來有點低，不至於沮喪，但情緒有點低落的數字。

以上全是我現在隨便想出來的設定。八幡，你累了……

簡單地說，我只是想表達由比濱似乎有點在意昨天的事。

當事人雪之下在看書，看起來並沒有特別放在心上。可是考慮到昨天回去前發生的事，這個態度也挺微妙的。

這時，社辦的門突然打開。平塚老師颯爽地走進來。

「平塚老師，請記得敲門……」

雪之下這句話講到一半就沒了氣勢。由於講了好幾次依然沒用，她幾乎放棄了。

平塚老師坐在空著的椅子上，雙臂環胸，翹起腳來。

我們等待著她開口，她卻沉默不語，只是坐在那邊。沒辦法，我們只好繼續做自己的事。

過了十分鐘左右，平塚老師仍然一句話也沒說。

反而在盯著我……

「……………」

咦？幹麼？她甚至在對我拋媚眼。好可怕。

由於目光交流並未成立，我決定代為陳述平塚老師的用意。

「嗨，挖喜平塚靜。今年三十歲左右的資深女教師。因為一直沒對象的關係，結婚的希望愈來愈渺茫，超著急的啦。」

「哈哈哈我也是因為有苦衷才結不了婚的喔，小心我殺了你。」

面對在這個時代還敢滿不在乎地放話說要殺掉學生的戰鬥民族，我只能「啊、啊啊啊……」嚇得瑟瑟發抖。

不過，請看。拜其所賜，平塚老師終於願意開口。

偶爾也好，希望各位想起來。僅僅是個平凡地球人的比企谷八幡這個男人，勇敢對抗過凶惡的外星人。

「老師，怎麼了嗎？妳一直默默坐在那裡，就算不是自閉男也會好奇耶。」

頭部右方裝備了觔斗雲的Z女子由比濱，向我伸出援手。雖然希望她在平塚老師對我釋放殺氣前就這麼做，有總比沒有好。得救了。

「我可是侍奉社的顧問，待在社辦也沒什麼好奇怪的吧。」

那還真不可思議。除了塞問題——更正，塞委託給我們的時候，妳根本不會出現耶。

闔上文庫本的雪之下也面露疑惑。

平塚老師誇張地嘆氣，像在譴責我似的往我身上瞪。

「比企谷，今天的諮詢信是不是還沒看？」

有股強烈的不祥預感。我用眼神制止立刻準備從抽屜拿出筆電的雪之下。這次的目光交流成功了。

「最近電腦怪怪的……今天也開不了機。所以諮詢信下次再看。」

平塚老師塞給我們的筆電，是開機要花好一段時間的舊機種。某一天突然壞掉都不奇怪，隔幾天突然恢復正常，也一點都不會不自然。

「是嗎？」

平塚老師卻以手抵著下巴，「唔」了一聲點點頭，講出驚人的發言。

「放心，諮詢信不是只能用那臺電腦看。帳號和密碼我都記得，趁這機會加進你手機的郵件APP裡吧。」

「咿！」

我忍不住緊張地哀叫了一聲。

開什麼玩笑。要是諮詢信會寄到我的私人手機，我絕對會變神經病。那個想當輕小說家的常客，會用連明信片職人都望塵莫及的頻率寄信過來喔。

「………不過，差不多修好了吧。雪之下，麻煩妳開一下電腦。」

我靈機一動，為這臺電腦加上連黃金聖衣都沒有的自我修復能力。沒有引人懷疑，成功化解危機。

照理說是這樣的……重新從抽屜拿出筆電的雪之下，卻對我投以冰冷至極的目光。

「是嗎？嗯，能用電腦看最好。」

平塚老師也露出懷疑的表情。希望沒被發現……

「平塚老師，諮詢信姑且算是私人情報，我認為設定成能隨便用學生的手機看不太好。」

雪之下嘆著氣說出超中肯的意見。

「諮詢信是匿名的，看不出個人情報。」

平塚老師信心十足地回道。

問題是，那些匿名信之中，九成都可以輕易猜出是誰寄的。

「話說回來，這臺電腦是真的很舊。光是想上網速度都會變慢，再說，它裝的是已經停止更新的作業系統耶……安全性沒問題嗎？」

「應該沒有不能流出去的情報。比企谷，如果裡面留著你在網路上買色色的書的紀錄，就另當別論了。」

「並並並並並並並沒有！」

我是有多驚慌啦，這樣顯得更可疑了。

雪之下和由比濱瞇起眼睛看著我，欲言又止。我沒買A書啦！哪個時代的學生會這樣啊！

……………平塚老師那個時代的學生嗎……我哀傷地下達結論。

可是像平塚老師這種覺得自己的電腦裡面沒有不能流出去的情報，所以用舊機種就行的人很多，作業系統才會一直無法全面更新嗎？蓋茲家的比爾弟弟應該也很頭痛。

我將筆電拿到自己的位子，雪之下和由比濱也把椅子拉到我旁邊。由比濱將臉湊近螢幕。

「……那我來唸囉。第一封是……筆名：阿腐同學的來信……啊哈哈，又是姬菜呢。」

看，個人情報立刻外洩！

〈筆名：阿腐同學的來信〉
我得了腐治之症。看到班上某兩位男同學（H山同學×H企谷同學），我的心就悸動不已。
H人同學×H幡同學，簡稱Heart to Heart的這兩位，以為大家都沒發現嗎？他們有時會偷偷熱情地互相凝視。
感覺都聽得見我的心跳聲了，好難為情。為什麼呢？不符合我的個性對不對……？
這樣下去我的左胸可能會變得特別大！我該怎麼辦？

呃，這已經不是「某兩位男同學」了吧。根本沒簡稱到。打碼毫無意義。

我們並沒有互相凝視。更重要的是，超符合妳的個性。

不行，吐槽不完。

E老名同學雖然偶爾才會寄一封信，破壞力卻非常高。

「在說你喔，H企谷同學。」

「姬菜觀察你們觀察得很仔細呢。」

如果她真的有睜大眼睛看，就不會寄這種信來了。那個人的眼鏡八成有附帶外星人製造的特殊濾鏡。

「所以海老名同學是想諮詢什麼？治好這個病嗎？」

「她自己也知道這病沒藥醫，別管她了吧。」

H菜同學的來信，導致我精神上的疲勞在侍奉社裡面是最為突出的，各位現在知道了嗎？

「嗯……嗯……」

由比濱咕噥著沉思。妳要嗯多久啊，妳是牛嗎？

最後，她似乎終於得出一個答案。

「對了！是不是在擔心兩邊的胸部大小會變得不一樣!?」

「最後一句八成是這封信的重點」的著眼點沒錯。不如說就當成是這樣吧，諮詢時間結束。

「那不是病吧。跟心跳劇烈與否和速度無關，胸部本來就是左右兩邊大小會不一樣的東西。因為慣用手之類的要素，會導致身體兩側肌肉的發達程度不同。」

平塚老師認真地反駁。

接著把手掌放在左右胸下方，輕輕讓胸部上下彈跳。

「哦~我都沒注意過……」

由比濱聽了也一樣碰觸自己的胸部確認。

喂……這兩個人幹麼突然玩起胸部。

大小差距沒嚴重到隨便摸一下就摸得出來吧……

「…………」

我感覺到一陣刺骨的寒意，回過頭，雪之下面無表情地在看書。明明她剛才手上還沒書。

平塚老師和由比濱沒發現雪之下的變化，仍在檢查左右胸的大小差異。

阿助阿格（註17），夠了吧。

胸部跟GAGAGA文庫的封面一樣平的小雪乃會難過。

不對，GAGAGA文庫封面以外的部分也都是平的，硬要說的話GAGAGA文庫之外的輕小說也都是這樣。意即雪之下是輕小說。

「諮詢信只有那一封嗎？」

雪之下承受著大宇宙的不合理，聲音微微顫抖，催促我繼續說。

「喔、喔……總之我先回一下這封信。」

我輕快地敲打鍵盤，採納由比濱的意見寫好回信。

註17 指《水戶黃門》中的佐佐木助三郎和渥美格之進，兩人同為侍奉水戶光圀的家臣。

〈侍奉社的回答〉

試著讓阿腐同學的心臟再增加一顆如何？這樣胸部大小也會平均，還能跟您信中提到的一樣，Heart的數量×二，一舉兩得喔。

「要讓心臟變多嗎!?」

由比濱大吃一驚。

呃，雖然這樣講像在自誇，我覺得這回答不錯啊。左右各一個比較平衡吧。雖然心臟其實好像幾乎位在正中央。

「第一封就把體力耗光了……」

由比濱把疲憊不堪的我晾在一旁，從旁窺探螢幕。

「我看看……接下來是第二封。筆名：貓咪同……」

講到一半，由比濱不禁歪過頭。

可是，過沒多久她臉上就綻放笑容，語調上升了兩個等級。

《筆名：貓咪同學的煩惱》

最近我的髮質好像變差了，請問有推薦的處理方式和護髮方式嗎？

剛念完，由比濱就衝向雪之下。

「小雪乃好可愛————!!」

然後整個人撲上去抱住她。

「呃……這是匿名諮詢信吧!?」

看到被由比濱黏住，困惑不已的雪之下，平塚老師滿意地點頭。

是雪之下的諮詢信。她希望我發現，才一直熱情地注視我。

「喂，貓乃。叔叔覺得這筆名太裝可愛了喔。」

「那名字又不是貓乃……!」

雪之下被由比濱抱著，看起來很不自在，依然開口反駁。

由比濱則不滿地鼓起臉頰。

「真是——幹麼寫信，直接講不就行了——!早知道昨天去小雪乃家住一晚!」

看見她們感情這麼好，平塚老師露出苦笑。

「其實昨天，雪之下有來找我商量。我試著說服她最好也問一下你們兩個的意見……結果決定採用這個方式。」

原來如此。儘管很迂迴，她是考慮到用諮詢信這個方式，會比較方便以侍奉社的身分應對吧。

「你們基於侍奉社的理念，陪許多學生商量煩惱。當你們有煩惱的時候，身為顧問的我提供協助很正常吧？」

話雖如此，平塚老師常常都會提供建議給我們。

「尤其是雪之下這次的煩惱，我相信我也能幫上忙。」

平塚老師把手放在額頭上，彷彿在喚起年輕時期的記憶。

「這是之前──我照顧親戚的女兒時發生的事。那孩子很黏我，挺可愛的……但她特別喜歡摸我頭髮。」

講到這裡，平塚老師用手撈起光澤亮麗的黑髮，低頭看著它。

「啊……我懂！小時候我超嚮往大姊姊有一頭漂亮的長髮！」

「嗯，我一開始也懷著這樣的期待……結果那孩子帶著燦爛的笑容說，『妳有白頭髮，我幫妳拔掉囉』……」

由比濱「唔！」了一聲，大概是想到昨天自己的所作所為。

「她把一根長長的白頭髮放到我手上，我當場愣住，接著頭部又傳來輕微的刺痛感。兩根……三根……她告訴我『還有很多喔～』……」

哪來這麼惹人厭的番町皿屋敷（註18）啦。

「之後那個女孩叫我的方式就從『靜姊姊』變成『靜阿姨』……！嗚嗚……明年

註18　名為阿菊的亡靈「一個盤子……兩個盤子……」數著盤子的日本怪談。

起休想要我給妳紅包……」

雪之下神情悲痛地聽著她的親身經歷。

真的好可憐——那個女孩子。紅包的供給來源少一個很傷的喔。

「從那天開始，我就憎恨起白頭髮，開始一場消滅自己的白頭髮的戰爭。」

平塚老師是因為這樣才成了千葉的復仇者嗎？等她ＰＵ的時候抽一下好了。（註19）

「雪之下，妳的煩惱很正常。不能因為自己還年輕就大意。身體的異狀早期發現，早期治療是基本。尤其是我們這種長頭髮的人，千萬不可以放著白頭髮不管。」

「……嗯。昨天洗完澡，我非常仔細地檢查過了……」

哎，這舉動很正常。問題是白頭髮很難自己找到。如果能靠自己的力量找到一堆，到時說不定已經沒救了。

「嗚嗚~小雪乃對不起！都是因為我多管閒事……」

「不是由比濱同學的錯。我想我遲早會自己發現。」

不過，減少白頭髮的手段……護髮啊。不好意思，沒我出場的份。今天趕快閃

註19　梗出自手機遊戲《Fate/Grand Order》。ＰＵ為Pick up之意，指抽到特定角色的機率提升。

人吧。

我從制服口袋裡拿出手機，看了螢幕一眼，先演出用手指滑過螢幕的小動作後才將它拿到耳邊。

「喂，小町嗎？什麼？小雪要生了？好，我馬上回去。」

我將手機拿在耳邊，用視線告訴平塚老師「那我先走了」，行了一禮。颯爽起身。

「比企谷，把你那半通電話都沒接到的手機收好，坐下。」

她毫不留情地宣言。

嘖……為什麼會被發現。

「自閉男也幫忙想啦——！」

「我哪可能幫得上忙。平常我就沒什麼在護髮。」

我搞不好會不小心碰觸到敏感話題，妳們小女生就自己聊自己的吧。各位有發現嗎？我剛才把平塚老師也歸類在小女生之中喔，出血大放送。

「是說，要聊這種話題的話，身為男性的我在場，本來能講的也會變得不方便說吧。」

「我不會覺得你礙事。如果你也願意幫忙……我會很感謝你。」

她難得用這麼誠懇的態度拜託我，我搔著後頸以掩飾害羞。

「比企谷，問題不只在於護髮。」

平塚老師嚴肅地告誡我。

「白頭髮和壓力有密切關聯，這是可以肯定的。雪之下忽然開始長白頭髮，我這個顧問也會覺得自己該負責。」

那就廢除諮詢信制度啊……剛才那封信確實讓我的頭髮有幾根變白了喔。

「我不認為原因是社團的壓力。」

這應該是她無法退讓的大前提。雪之下斬釘截鐵地反駁。平塚老師似乎讀懂了她的心，用力點頭。

這時由比濱突然站起來，困惑地面向我。

「呃！小雪是公的吧!?哪可能要生了!!」

「這是幾分鐘前的話題!?」

我忍不住大聲吐槽。

在連聊天機器人都能幾乎即時回應的這個時代，妳的演算法執行速度到底有多慢？

同學，這樣人類的工作會統統被ＡＩ搶走喔。

但我反而希望ＡＩ能多多取代人類。

真心希望可以把悠哉地逛購物網的時候，不停從螢幕角落彈出來的「向客服詢問」視窗刪掉。害我每次都在擔心萬一不小心點到，跟客服人員接上線怎麼辦。

可是如果上面註明「客服人員由ＡＩ擔任」，就能放心了。

結論是，諮詢信服務也導入ＡＩ系統吧。

×　×　×

那麼，該怎麼辦呢？關於頭髮的煩惱啊……女生自然是愈多愈好。在場三人中，雪之下和平塚老師偏有煩惱的那一方。

一色偏偏就是在這種時候沒來。

我都想請戶塚來擔任特別講師了。

戶塚的頭髮，簡稱戶塚髮實在太過柔順，會有點嚇到。他只是微微歪頭，頭髮都會輕盈搖晃。同班同學隨隨便便就能重現出天女的羽衣，害我頭好痛，不，並不痛。

「……這樣講跟我剛才說的有矛盾……不過雖說有個人差距，白頭髮每個人都會有。尤其是雪之下，妳還只是十萬根頭髮裡面有兩、三根而已。本來根本用不著在意。」

平塚老師先講了句開場白安慰她。或許是她覺得自己剛才用「早期發現早期治療」這個嚴肅的說法並不恰當。

雖然我覺得這句話有點像在對自己說。

「我當然也明白……」

「放心啦小雪乃！擔心也沒用，一起解決這個問題吧！」

雪之下溫馴地低下頭，由比濱拚命鼓勵她。

這種事往往是愈擔心就愈會有壓力的惡性循環。

然而說實話，這次我也不是不能理解雪之下的煩惱。

十萬根之中的三根……〇．〇〇三％。以數字來說等同於零，但異質的存在再怎麼低調都會引人注目。

數十萬畫素的液晶螢幕中少了一、兩個點，會在意的人還是會在意。就算說明書上寫著「這是製造時會有的正常現象，並非產品缺陷」這條注意事項，聽說觸碰式的掌上型遊戲機剛出的時候，店員也費了好一番工夫處理客訴……

異物混進和諧之中，就叫瑕疵品。

被抓到的異物會惱羞成怒地跟周圍的人說「我就是瑕疵品啊，有意見？」。

而避免落得如此下場，也是一種處世術。

「嗯……整理心情很重要啊。」

平塚老師抱著胳膊，視線沿著雪之下的頭移動。

「白頭髮的原因首先是不規律的生活、飲食不均……頭髮沒洗乾淨、洗完頭髮沒吹乾——這些基本的部分，我……當然，雪之下應該也有顧慮到才對。雖然飲食不均這一點，我有點沒自信。」

畢竟平塚老師晚餐固定吃拉麵。但我希望這點小事就別算在飲食不均的範圍內了。

「剩下就是廣為人知的……壓力……」

平塚老師似乎還是挺擔心社團活動對雪之下造成的負擔。

「果然……是因為壓力嗎？」

由比濱的手握在胸前，不安地凝視雪之下。

從昨天開始，這傢伙就有過度內疚的跡象。八成是覺得自己讓雪之下發現白頭髮，帶給她更大的壓力。

我下意識大嘆一口氣。

「不一定只有精神上的壓力吧，也很有可能是身體上的壓力。」

我自然地插嘴，雪之下點頭。

「你說得沒錯。光是留長頭髮，就不免對頭皮造成負擔……造成壓力。」

「是啊，頭髮的重量……」

聽見平塚老師的附和，雪之下對我使了個意味深長的眼色。

「也就是自作自受。」

「我沒說到那個地步……」

由比濱拍了下手，大概是聽懂了。

「對了，沙希之前也說過她覺得自己的頭髮很長很煩。頭髮長果然很辛苦……」

「沙希……噢，是那個人啊。川……川……川西同學。」

「？川七？」

由比濱以絕妙的準確度，展現出如同現代影片網的自動字幕功能的聽力。妳疑惑地看著我也沒用，叫沙希的人我只認識虹野同學（註20）……有啦，我腦中有浮現她的臉。可是名字……她叫川什麼同學？算了，記得川和沙希就夠了吧。

「那個人頭髮也挺長的。」

「嗯，她綁高馬尾頭髮還跟小雪乃差不多長。放下來說不定會到平塚老師的長度。」

是說那傢伙既然覺得煩，幹麼特地留長髮？家規嗎？

「我為白頭髮煩惱的時候，也不是沒考慮過剪短頭髮，減輕負擔。想說乾脆剪成

註20　遊戲《純愛手札》中的女角。

超短髮，這樣就不會有留戀……」

原因會不會就是長髮本身——討論到這裡時，平塚老師也煩惱地嘆氣。

「超短髮!?太可惜了啦，老師，妳頭髮那麼漂亮～！」

由比濱緊張地阻止她。

「我自己當然最捨不得。因為以轉換心情來說，剪成那個長度需要勇氣啊……」

「您有自覺的話……把剪頭髮當成像修剪樹木一樣，是不是會比較輕鬆？」

我尊重平塚老師的意見，雪之下和由比濱卻同時瞇眼瞪過來。

「平塚老師的頭髮長及膝下。也就是說，有一公尺左右長。光是把頭髮留到那麼長要花多少時間……你能想像嗎？」

一時之間無法想像。我自不用說，小町也沒把頭髮留得像雪之下那麼長過。

「雖然有明顯的個人差距——頭髮平均一個月只會長一公分喔。從我開始留長到現在……也花了五年以上。」

雪之下用手心撈起自己的黑髮，彷彿在感受歲月的重量。

認為自己的價值觀跟一般的女高中生有出入，為此感到自卑的雪之下，對於頭髮卻有著與年齡相應的審美觀及感情。

僅僅五年，但也稱不上短。

打個比方。如果有個小時候希望頭髮快點變長的少女……應該會覺得五年十分漫長。

「……我沒打算剪短。因為我不討厭自己的頭髮。」

也許光澤亮麗的黑色長髮，同時也是她的矜持。

那麼，只要以此為前提想辦法即可。

「雖然妳一直都留長髮，總有最近才產生的變化吧。」

三人的視線都集中在我身上。

「一直綁頭髮的人突然不綁頭髮的話，白頭髮好像容易變多…………小町說的。」

「哦，不愧是小町。」

雪之下沒有懷疑，稱讚小町。

其實這是我昨天自己在網路上搜到的知識，但還是別說好了。

死都不說是因為她們開始講白頭髮的話題，害我也擔心起來。

順帶一提，關於這點眾說紛紜。這句補充很重要。非常重要。

「也就是說，妳前陣子不是還一天到晚把頭髮綁成雙馬尾嗎？會不會是妳現在不綁頭髮造成的？」

「雙馬尾……？」

雪之下微微歪頭。

妳不知道這髮型叫什麼，還綁成那樣啊。雖然這絕對不是一般的叫法。

雪之下最近都沒有綁雙馬尾。

不久前我還會心想「雪之下的雙馬尾在晃」……不曉得從什麼時候開始，這個想法就消失了。

直到現在特別去注意前，我都沒發現。

平塚老師得意地豎起食指，對雪之下解釋：

「那個啦。用最近的動畫說明就是……對了，星野琉璃（註21）的髮型，這樣妳就知道了吧？」

不，我覺得她不會知道。NADESICO已經迎接二十週年了喔，不是最近的動畫。雖然我會等它的續篇等一輩子。

「是初音未來的髮型喔，小雪乃！」

由比濱口中迸出出人意料的名字。初音未來的知名度真的好高。連派對咖JK都知道。

可是，雪之下並沒有被未來未來掉（註22），而是更加困惑。

「唔……」

註21《機動戰艦NADESICO》中的女角。
註22 梗出自初音未來的歌曲〈讓你未來未來〉。

平塚老師手放在下巴處點了下頭，緩緩起身，從兩側撥起長髮。

「像這樣，這種髮型。比企谷說得沒錯……雖然紮頭髮的位置不同，妳之前也滿常把頭髮紮成兩束的啊，雪之下。」

接著拿捏成圓圈的手指紮頭髮，當場綁了個雙馬尾。

「呃啊！」

無法抑制的反射動作害我發出痛苦的聲音，平塚老師人如其名，靜靜回頭。

「比企谷，你那是什麼反應？」

啊哇哇哇視我的回答而定她可能會拿雙馬尾當雙節棍對我發動攻擊。

「沒、沒有，我只是覺得您綁馬尾的速度很快，很熟練……」

我驚慌失措地想出一個理由。好像有用，平塚老師信心十足地挺起胸膛。

「嗯，因為我到國三為止都是綁雙馬尾。現在身體也還記得綁法。」

請您不要後來才幫自己加上這種不負責任的設定。這樣誰要負責啊。

「……的確，我綁頭髮的頻率可能有下降……雖然我沒有刻意不綁……」

她話講得吞吞吐吐。這是雪之下的真心話嗎？

「順帶一提，不只是少了綁馬尾時對頭皮的適度刺激，精神上的影響也包含在內。本來該有的東西不在，害人感到不安，造成嚴重壓力——的樣子。」

我說的只是在網路上搜尋就能查到的簡單小知識，由比濱卻露出表情符號般的表情，表示這超出她的理解範圍。

沒辦法，改編一下讓她比較好懂吧。

「例如，這是我聽材木座說的……」

「光聽見這句話就不想聽下去……」

雪之下用手按住額頭，彷彿頭很痛。

別這樣說嘛雖然我也有同樣的心情。

「看書的時候，不是會有特別注意的地方嗎？」

雪之下稍微用力地點頭，回答我的提問。

「看輕小說的時候，特別注意有沒有雙馬尾角色出現的人，似乎也不稀奇。」

「我聽到這邊就已經聽不懂了……真的不稀奇嗎？」

不懂得懷疑他人的比濱同學，竟然對我投以如此懷疑的目光……

體諒一下啦，世上也會有只追求雙馬尾的閱讀體驗吧。

「尤其是系列作，那個傾向會特別明顯。第一集在二九四頁，第二集在二十八頁，第三集在九十八頁──之類的感覺，會只在有出現『雙馬尾』一詞的頁數貼便條紙標記。」

「……對不起，我完全無法理解。不如說……」

「總覺得好噁心……」

由比濱接在雪之下後面說道，「啊哈哈」露出僵硬的笑容。

只用「好噁」兩字形容還不夠嗎？妳這是真心覺得噁心耶……

「特地在書上貼便條紙太娘了。喜歡的頁數會回翻好幾次，所以自然而然就會翹起來，無意間做了記號……那就是讀者的矜持，不是嗎？」

平塚老師帶著得意的笑容提出自己的主張。親身經歷過少年漫畫黃金期的世代，也會對原則異常執著。

「我倒覺得有好好珍惜書的話，看多少次都不會翹起來……」

愛看書的雪之下回以現實的意見。不過小說和漫畫比起來，回頭翻喜歡的部分的頻率截然不同啦。

我在心中投給雪之下的意見一票，將話題拉回來。

「總之如果那部作品從某一集開始突然不再出現『雙馬尾』一詞，那類型的讀者會很錯愕吧。第四集應該是巧合？咦，第五集也沒有。第六集、第七集……還是沒有。超過第十集的時候，那名讀者會像故障的收音機一樣重複同一句話。『沒有雙馬尾……沒有雙馬尾……』。」

「變成怪談了!?」

由比濱嚇得瑟瑟發抖。這行為的確是徹頭徹尾的妖怪。

喂，材木座，這個故事真的不稀奇嗎？

「唉，那又不是綁頭髮的當事人的經歷……總之，理解成光是換髮型都有可能造成壓力就行了吧。」

最後她下達這個結論，我也無話可說。我發自內心後悔講到一半要舉這個例子。

「……嗯，你舉的例子雖然很極端，我綁頭髮的頻率減少是事實。既然如此，或許可以假設遠因是那個。」

雪之下神情嚴肅地沉思。由比濱展開雙臂，從背後靠到她身上。

「意思是偶爾把頭髮綁起來比較健康對吧？那小雪乃，趕快來綁頭髮吧！」

對喔，她有時會幫雪之下綁頭髮。

才剛宣言完，由比濱就衝出社辦。

過了幾分鐘，她喘著氣抱著一個紙箱回來。

「這是我自己的……還有跟別人借來的!!」

她打開紙箱，將道具放在桌上，除了疑似私人物品的髮圈、髮夾、梳子外，還有定型噴霧、髮捲等等，甚至連離子夾都有，不曉得從哪弄來的。

還有洗髮精和潤髮乳，推測是跟社團活動結束後會沖個澡的運動社團借來的，她該不會打算在這洗頭吧。

「那先從雙馬尾開始……」

看到由比濱十指動來動去逼近自己，雪之下倒抽一口氣。

「…………等一下。那個髮型……可以先不要嗎？」

「……？這、這樣呀。那我來找適合每天綁的髮型!!」

或許是因為雪之下強烈制止她的關係，由比濱沒有繼續堅持，開始找其他髮型。

雪之下那傢伙，都解釋得那麼詳細了，還是討厭雙馬尾嗎？

不，聽見材木座分享的案例，會產生排斥反應也不奇怪……所以是我害的囉？

由比濱以流暢的動作將雪之下的頭髮整理成一束，插進叼在口中的數根髮夾。

「嗯嗯，小雪乃果然也很適合綁馬尾——體育課以外的時間也可以綁呀。」

她將高馬尾的根部綁成一顆丸子。由比濱幫忙綁頭髮的時候，有高機率會附贈丸子，而不是月亮。

「乾脆把瀏海也往上梳吧。」

「我、我覺得……不適合我……」

雪之下不知所措，大概是在想像露額頭小雪乃的完成圖。然而因為她拒絕得不夠堅定，瀏海被人梳起來，用那個不知道叫什麼的東西喀嚓一聲固定住。

她直盯著我，大概是發現我在看她。

我、我沒興趣好不好。妳叫我別看我就不會看啊？

…………實際上，我國中時期只是瞄了換髮型的女生一眼，就被人家用超認真的語氣說「你可不可以不要一直看」喔？

「順便幫妳按摩頭皮～！」

由比濱說著「打起精神吧」，用手指在友人的頭皮上跳舞。

雪之下苦笑著接受她的身體接觸。

這樣是很好，不過——

「比企谷，有空的話幫我也按摩一下。順便幫我按肩膀。」

女教師見狀，對我提出強人所難的要求。她將身上的白袍往下拉了些，露出肩膀。

我打著用「我現在指甲很長」這種隨便的理由拒絕的如意算盤。

「！等、等一下，幫小雪乃按摩完之後我來幫平塚老師按摩！自閉男不用動!!」

但在那之前，由比濱先自告奮勇了。看來這麼著急，果然是因為擔心讓我來按摩，會對頭髮帶來不好的影響嗎？

「嗯，由比濱同學的按摩誠意十足，非常溫暖。平塚老師要的話，我認為請由比濱同學幫忙比較好。」

正在接受她誠意十足的溫暖按摩的雪之下，對我投以極度冰冷的眼神。我做錯了什麼？妳和由比濱組成了熱循環器嗎？

不管怎樣，感謝她的救援。

雖說稱不上答謝，我用還沒收好的筆電搜尋髮型，來支援很快就沒靈感的由比濱。

「由比濱，這個如何？」

「咦，你要指定嗎？」

她用雀躍的語氣回問，小跑步跑向我。看到她的視線移到電腦螢幕上，我加以補充：

「升天天馬ＭＩＸ頭——是在髮型界中追求衝擊性的頂點之一。」

簡單地說，就是頭上有個大鑽頭的髮型。

雪之下瞄了螢幕一眼，用帶有譴責意味的眼神問「你認真的嗎」。

這可是曾經風靡一世的髮型耶，雖然我從來沒在千葉看過有人頂著這顆頭……

「呃——可是這種髮型，剛開始要先用一堆髮捲把頭髮弄捲，還得噴一堆強效定型噴霧……裡面是不是還有用鋼線固定呀……？」

由比濱設計師看著螢幕沉吟。

憑這張解析度低的照片就能分析出施術難度，了不起。

「可以不要認真考慮嗎……!?」

某種程度上任人擺布的雪之下，也對這個髮型再度產生強烈的排斥感。

「給頭髮造成過大的負擔，不就本末倒置了？」

當事人都這麼說了，由比濱只能閉上嘴巴。

不過，我還以為這個髮型是想呈現出獨角，為什麼名字不是叫升天獨角獸，而是升天天馬？

我望向旁邊，平塚老師拎起自己的頭髮，做成尖尖的鑽頭狀，稍微重現了一下。妳要剪那顆頭的話，我會為妳加油……

雪之下看了，客客氣氣地說：

「那個，由比濱同學，妳已經幫我按很久了，也去幫平塚老師按摩吧……」

「還不夠！是我害小雪乃不安的。我要好好補償妳！」

「就說不用放在心上了……」

「由比濱說得沒錯，雪之下。收下她的好意吧。」

平塚老師好像也在嘗試各種髮型，秀了其中一種給我看。

「比企谷，你看你看，怎麼樣？挺清純的吧？」

她把頭髮編成麻花辮，垂在胸前，確實滿有味道的。

不錯喔。有股人妻感。講得更仔細一點，有股寡婦感。

我開不了口，她似乎把我的沉默誤會成其他意思。

「這樣啊，很奇怪嗎……」

平塚老師陷入消沉，我急忙安慰她。

總覺得這人明顯愈來愈脆弱。

常聽人說堅強地活著的人，遇到能讓他展現出脆弱一面的對象就會變脆弱……

平塚老師也遇見了這樣的人嗎？

既然如此，對方就該負起責任娶她回家。真是，那人在拖拖拉拉什麼啊！

過了一段時間。雪之下頭上閃過各種髮型。

現在告一段落了，由比濱輕輕用手梳理雪之下放下來的頭髮。

「小雪乃的頭髮果然很漂亮。」

接著忽然從背後溫柔地訴說。

「完全沒有受損，保養得很好喔。」

那是給雪之下的諮詢信的答覆。

「不過，偶爾也像這樣換個髮型轉換心情吧。我隨時奉陪!!」

平塚老師也滿意地點頭。

「……嗯。」

雪之下露出柔和微笑。

昨天給由比濱按摩肩膀的時候也是……由比濱的存在，對雪之下來說不僅不是壓力，還能讓她心情平靜。

這樣的話，果然還有一件事懸在心上……

平塚老師最後留給雪之下一句「別輸給高壓社會，加油吧」，不知道適不適合由老師給學生的忠告，離開社辦。

由比濱似乎是去還不知道從哪借來的理髮道具。

社辦裡只剩我和雪之下，迎接不需要降噪的清澈靜寂。

雪之下默默坐著，沒在做事。短時間內變幻出各種模樣的頭髮，現在梳理得整整齊齊，披散在背後。

看她那透出一絲安心的表情，可見由比濱的造型服務，對雪之下的身心都帶來了正面影響。

可是，她到最後都沒綁雙馬尾。看得出由比濱也在想辦法引誘她綁。

剛才雖然幾句話就把那個話題帶過去了，我重新思考起來。雪之下雪乃綁雙馬尾的頻率明確下降，是從何時開始的——

印象最深刻的，是跟小町一起去幕張展覽館看動物，偶遇這傢伙，最後變成去幫由比濱買生日禮物的時候。

雪之下的頭髮在比平常高的位置綁成兩束，大概是假日模式。說到雙馬尾就是那種髮型，平塚老師重現的那個。

美麗女帝突然展現的放鬆狀態，甚至散發一股稚氣……不過那樣也異常適合她。

然而，愈是回憶就愈覺得，雪之下綁雙馬尾的頻率以那一天為分界點銳減。說不定可以假設那一天就是轉捩點。

當時這傢伙發生了什麼事嗎？

是把在「東京貓狗展」上看見的鷲、鷹、隼威猛的翅膀，跟自己的雙馬尾重疊在一起了嗎？

不對，如果她因此深受感動，反而會平常就在綁雙馬尾吧。

——對喔，我和陽乃第一次見面就是在那一天。

雖然這是個無聊愚蠢的推測，假如她留長頭髮的部分原因就在陽乃身上……被姊姊看見自己在同學面前綁成這麼放鬆的髮型，或許有那麼一點影響。

她因此不敢綁本來心情好就能綁一下的雙馬尾，無自覺地造成壓力……不是不可能。

經過漫長的沉思，我看了雪之下一眼，她好像剛好在同一時間看過來，我們不小心四目相交。

雪之下尷尬地開口。

「為這種事沮喪，真不符合我的個性——你在這樣想嗎？」

「哪會。再說，沒人有辦法定義為什麼事沮喪符合當事人的個性吧。那種東西會視情況變來變去，不負責任的。」

海老名的諮詢信裡也提到「這樣不符合我的個性」，不過符合自己個性的做法，連當事人都未必明白。

更何況，不難過才像自己？連難過這個行為都去在意，硬是壓抑住的話，才會引發壓力吧。

像我這種人，光是看到光之美少女撞在牆上哭泣都會超難過。

「可是，我還給由比濱同學添了許多麻煩……」

雪之下用微弱的聲音說道。

這傢伙為了解決眾多學生的煩惱奉獻了自己的時間，換成自己需要幫助時，卻連這點小事都覺得麻煩到人家，為此感到愧疚。

真是容易吃虧的個性。

「髮質受損、頭髮變長、聊了天……對由比濱而言，僅僅是下課時間跟其他女生聊天的話題之一吧。在社團活動的閒暇時間跟社員閒聊——哪會添麻煩。」

似乎是平塚老師叫她寫信的，所以我不會直接跟她說「像妳這樣特地寫信諮詢，太小題大作了啦」。那個人自己應該也想諮詢同樣的問題。

「……是嗎……不過，和我閒聊占用了她的時間是事實，所以我想要一個結論。不然太對不起她了。」

雪之下面色凝重地思考著。

呃，誰會為閒聊下結論……雖然講這種話有性別歧視的疑慮，通常那是男生的想法吧？

我搔著頭……咦，這樣是不是會傷到頭皮？總之搔完頭後，我掰出一個她想要的結論。

「如果妳下次又覺得白頭髮變多，就當成是身體發出求救訊號，像今天一樣放鬆一下不就得了？」

出乎意料的是，雪之下點頭表示同意。

「……以你來說，這意見非常有建設性。我會參考的。」

這麼隨便的意見被說有建設性，我還真不知道該做何反應。我平常可是在身體發出求救訊號前就先行放鬆。

甚至可以說我一直維持在放鬆狀態。

總之，姑且算解決了。

那麼，儘管是多此一舉，諮詢信那邊也給予同樣的回覆吧。

×　×　×

隔天放學後。

我跟平常一樣來到侍奉社社辦，發現不起眼的異狀。

宛如數十萬根黑髮裡面，只有數根的白頭髮。

沒注意到就沒差，一旦發現便會立刻被奪去目光。

那細微的異狀——是雪之下雪乃的雙馬尾。

從走廊吹進的風，輕輕吹起兩束黑髮。輕盈到感覺不出綁起來的頭髮的重量，彷彿從重力的束縛下得到解放。

竄入鼻尖的洗髮精香味，將我的雙腿釘在原地。

雪之下只是坐在平常的座位，跟平常一樣低頭看書，這幅畫面卻美得像一幅畫。

「可以快點關門嗎？」

她冷冷斥責我，我努力保持冷靜，關上門。死都不能被她發現我不小心看呆了。

「……昨天，由比濱同學不是說想看我綁這個髮型？她特地陪我商量，我覺得一直無視她的要求有失禮節。」

雪之下在我開口前先發制人，如此說明。

「是嗎？」

我簡短回答，坐到位子上。

我不是對此漠不關心，而是好不容易才擠得出這句話。

這傢伙把頭髮綁成兩束，其實應該一點都不罕見才對。是物以稀為貴效果嗎？

「……而且，比起一直放在心上，換個心情對頭髮也會比較好。」

雪之下的頭髮隨著她聳肩的動作搖晃。

「其實妳偶爾還是會想綁這個髮型對吧。」

因為意氣用事的關係封印住的髮型，需要「讓頭髮喘口氣」這種誇張的藉口才能解除封印嗎？

所以白頭髮才告訴她「嘿嘿嘿，雪乃妹妹，忍耐對身體不好喔——」。

幹得好，人體。

雪之下將書籤夾進文庫本闔上書，用手捧起右邊的馬尾。

「由比濱同學看見不知道會說什麼。」

她露出淘氣的微笑。

的確，昨天雪之下那麼不甘願，肯定會是出人意料的小小惡作劇。

不過，由比濱會說的話猜都不用猜。

「很適合妳——吧？」

「那我會回她『謝謝稱讚』。」

嗯，說吧。在本人面前。

雪之下的雙馬尾再次靜靜搖曳。大概是有風從縫隙間吹進來。

或者，吹動她頭髮的……說不定是我用來掩飾害羞的嘆息。

然後，雪之下雪乃（29）重新自問

裕時悠示

『殺了你們。』

男人在電話的另一端說道。

『我要殺了你們。竟然寄那種文件過來，害我老婆和小孩都發現了。你們要怎麼賠我？啊？殺了你們，殺了你們——』

我聽著從耳機傳出的抱怨操作滑鼠。盯著瀏覽器顯示的貓咪影片，是收錄各種影片的精選集。

「真的很抱歉。」

我一面任由鼓膜遭到強暴，在腦內跟貓咪嬉戲。單憑聲音的話，要怎麼跟人道歉都行。這是為了在這個地獄生存下去，社畜鍛鍊出的演技。

「由於您過了還款日依然沒接電話，我們只能寄送書面文件——」

『還敢辯啊！骯髒的高利貸！』

「真的很抱歉。」

喔，是曼切堪貓。

名字很色腿很短眼睛圓圓的。性騷擾雖然是犯罪，牠這麼可愛也有罪。

『什麼丸菱卡貸啊。我看上面有銀行的名字才去申請，結果被騙了。根本只是高利貸！』

「真的很抱歉。」

喔喔，布偶貓啊。整隻毛茸茸的。不過牠太大隻，沒辦法養在家裡。

世上存在如此可愛的生物。所以存在一、兩個骯髒的高利貸也沒關係。這樣就達成平衡了。

過沒多久，男人安靜下來。推測是罵累了。憤怒這種情緒固然激烈，卻不持久。是暫時性的。既然如此，讓他把怨言吐出來即可。

輪到我了。

我關掉瀏覽器，跟貓咪道別，開啟腦內的開關。

「那麼客人，請問您什麼時候能還款？」

感覺到男人畏懼了。

『這——』

「若您一直無法如期還款，我們也只能停掉您的卡。本公司同時也有與其他公司共享客戶的信用情報，所以您擁有的其他張卡應該也會被停掉。」

感覺到他用手遮住話筒。

「一次有好幾張卡被停掉，您會感到困擾吧？有些客人還會因此破產。儘管說這種話逾越了我的本分，我想現在就是一個分歧點。」

他的手從話筒上拿開。

『……可是，六十三萬這麼大一筆錢，這個月我付不出來。』

語氣忽然變溫和了。

我乘勝追擊。

「那麼，要不要考慮分期付款？」

『咦？可以嗎？』

「雖然跟平常的規矩不一樣，畢竟情況特殊，我們可以商量看看。」

電話另一端傳來長長的嘆息。

剩下就簡單了。我成功和對方討論出分期的金額及期限。男人乖乖聽我說話，起初噴火般的氣勢不曉得跑哪去了。

掛斷電話後，我用電腦打著報告書。

簡單整理好事情經過，點開「回收可能性」的資料夾。我輸入的是「可能性低」。那人恐怕連分期付款都會拖欠。只要對照電腦中的資料跟我的經驗，一目了然。還不出來是遲早的事。不到三個月，他就會衝進日本司法支援中心或消費者中心。分期付款僅僅是把死期往後延。

我嘆了口氣。

我在這家客服中心已經工作十年了。這種案例看過無數次。不過，至今依然無法習慣。這股徒勞感。彷彿在親手填好自己挖出來的洞的空虛感。哪習慣得了。

這時，我感覺到背後有其他人的氣息。

一名陌生女子低頭看著我。

柔順的黑髮。

皮膚很白，瞳色很深。纖細的身軀以深藍色西裝為武裝。沒錯，武裝。這個詞最適合形容。她的眼神就是如此銳利，站姿也毫無破綻。棘刺過多的薔薇。冰之薔薇。

「七十三分。」

她平靜地說。在充滿電話鈴聲及客服人員聲音的職場，她的聲音不知為何清晰可聞。

「冷靜的語氣是很有說服力沒錯，但細微的遣詞用字還是有不備之處。考慮到你是資歷十年的老手，實在稱不上令人滿意的分數。另外，在處理客訴時瀏覽與工作無關的網站，違反工作規則喔。」

「妳是誰？」

女子遞出名片。這麼簡單的動作，看起來卻相當優雅。

「丸菱銀行總務部視察委員，雪之下雪乃……噢，是本店的人啊。」

我重新注視眼前這名女子。

丸菱是代表這個國家的巨大金融機構。我們旗下企業的員工，會稱呼身為其中心的「丸菱銀行」為「本店」。寫成漢字是本店，但意思有微妙的差異。

「很不巧的是，我的名片用完了。我是丸菱信販股份有限公司借貸部門・初期催促組的ＳＶ（Supervisor），松谷七介。」

「我知道。因為我從你電話講到一半的時候就在監聽了。」

看來沒必要講敬語。她的年紀應該跟我一樣，或是比我小一點。

「那麼，本店的人為什麼會在這裡？」

「視察。」

雪之下直言。她的聲音跟名字一樣，冰冷如雪。

「去丸菱集團旗下的各企業視察，吸取經驗及改善點。發現化膿的地方就讓他們吐出來，清洗乾淨。就是這樣的工作。」

「噢，膿啊。」

我懷著挑釁的意圖回望她。

「為此偷聽別人講電話，幫人打分數，還沾沾自喜。視察委員這頭銜聽起來挺了不起的，結果居然是這麼小家子氣的工作。」

「要諷刺人的話，該等到你工作做到完美再說。松谷監督。」

「要對現場工作人員指指點點的話，該等到妳在這邊上過班再說。雪之下。」

聽見我這麼說，本店的菁英大多都會退縮。八成會將現場工作人員不服從的態度記在心中，跟上司報告。我的考核分數又要被扣了，但我才不管。升遷這種希望，早就被我扔進垃圾桶。

然而，雪之下卻點頭「嗯」了一聲。

意外的是，她看起來並沒有被惹火。甚至還在感慨。

「我會記住剛才那句話。」

這時傳來柔和的聲音。

「那個，不好意思，可以打擾一下嗎？」

跟我同一個團隊的同事，戰戰兢兢地舉起手。弓濱優梨。是年資五年的主力社員。她輕輕揪住寬鬆毛衣的袖口。

現在雖然是七月，我們公司冷氣開得很強，因此怕冷的女性必須穿厚一點禦寒。她身材圓潤，經常在哀嘆沒有適合自己的尺寸。

「松松，剛才那位客人的問題，解決了嗎？」

「嗯，我用分期付款讓他同意了。」

弓濱的手放在豐滿的胸部前，鬆了口氣。圓嘟嘟的雪白臉頰浮現笑容。那張圓臉和白皙的肌膚，讓人聯想到「雪人」。看了心情會平靜下來的雪人。

「真的謝謝你，松松。總是代替我處理客訴（Claim）。」

從她口中說出來，客訴聽起來像是「鮮奶油（Cream）」。我每次都會聽成鮮奶油，或許只有我這麼覺得就是了。

「是對方叫男人來接的，這也沒辦法。」

「嗯……不過——」

「妳有妳擅長的領域，這種事就乖乖拜託ＳＶ吧。」

弓濱露出意義不明的笑容，然後瞄了雪之下一眼。雪之下輕輕點頭致意，弓濱也連忙低下頭。

「看，有客人在排了。回妳座位去吧。」

「嗯！」

弓濱又說了一次「謝謝你」，回到自己的隔間。

雪之下緊盯著我的臉看。

「剛才那通客訴，原本是她負責的嗎？」

我嘖了一聲，點頭。

「是啊。」

「那你要先說呀。」

「最後是由我接手的，所以是我的工作。有問題嗎？」

雪之下嘆了口氣。

「這種事不先說，不覺得很卑鄙嗎？前提有改變的話，我說教的內容也會隨之改變。」

結果還是要說教嘛。

「你跟我認識的人很像。」

「啊？什麼東西？」

「需要注意的意思。」

雪之下轉過身，彷彿在表示她不打算繼續多說。黑髮如同黑暗的面紗般於空中飄揚，害我不小心被奪去目光。

「我會在這邊視察到八月。請多指教，松谷監督。」

視察委員講完想說的話就走了。

我得在那女人的監視下度過一個月以上的時間嗎……

本以為沒有更慘的職場，結果現實永遠超出我的想像。看來這個地獄深不見底。工作地獄。客訴地獄。社畜地獄。

真是，我該墮落至何方。

◆

感情勞動。

繼肉體勞動、頭腦勞動後的第三概念。

所謂的服務業大多都包括在內。再怎麼討厭的客人，都得以笑容接待。除了肉體、頭腦外，得奴役感情——尊嚴，方能成立的工作。便利商店店員、飯店的櫃檯人員、護理師、賣報紙的、公家機關的服務人員等等。

以及——客服中心的客服人員。

這恐怕是壓力最大的工作之一。某國的資料顯示，在負責感情勞動的職業中，客服人員也是堂堂的第一名。完全高興不起來的冠軍。

而在客服這一行之中，我的職場是最慘烈的。立於頂點。

職務內容是催促。

打電話給遲繳卡債的客人催他還錢。我隸屬的團隊是「初期催促」，以遲繳三個月以內的顧客為對象。

是什麼樣的工作呢？

簡單地說就是「無法得到客人感謝的工作」。

全世界的工作基本上都能藉由「幫上別人的忙」來得到報酬。因此，除了金錢外還能得到「感謝」。謝謝幫忙掃垃圾的清潔人員，謝謝幫忙照顧臥病在床的奶奶的看護。很自然的事。連被人叫作高利貸的缺德金融業者，借錢的時候都有遇過說謝謝的人吧。

然而，催款的工作不存在「感謝」。

有人會哭，有人會怒吼，有人會責罵，其中甚至有會認真跟你說教的顧客。「不能做這種工作喔」、「討債不是正常人會做的事」。嚴格來說，催款和討債不同。這是我進公司時人事部跟我說的。「我們的工作不是討債喔！放心吧！」。的確不是討債。因為只有「催人還錢」而已，不是討債。

我們犧牲感情，獲取薪資。

時間已過晚上十點。

我理所當然似的加班了五小時，哀聲連連。惡毒的內線電話抓準我終於可以回家時襲來。「松菇ＳＶ，請到課長室一趟。」

我一面詛咒神明一面敲門，在裡面等我的是葉岡有人課長。他和我同年，但這位可是菁英人士。在這個年紀已經升職到管理階層。他是丸菱銀行的常務還是專務的兒子，據說在現場累積過經驗後，就有與之相應的地位在集團的上級企業等待著他。

「抱歉，在你要離開時把你叫過來。」

課長五官端正的臉上浮現笑容。大部分的女性兼職員工，都會因這有如演員的笑容而淪陷。他是女性員工占七成以上的本部門的綠洲。我們跟其他部門比起來，離職率低了一些，據說就是拜他的笑容所賜。

身為男性的我完全無法從中獲利，被他任意使喚。

「今天，丸菱銀行的視察委員有到你那邊對吧？」

課長不會用「本店」這個俗稱。他就是這樣的人。

「嗯，是的。一個姓雪之下的人。」

「她好像是某位議員的千金。丸菱銀行似乎也覺得她很有前途。」

我只回了句「這樣啊」。感覺不到表現出敬佩的必要性。外表、能力、身分，全是跟我活在不同世界的公主殿下。

「那位雪之下小姐希望以你的團隊為中心視察。明天起麻煩幫她準備她的座位。」

「請她找個喜歡的地方坐就行。上個月有兩個人辭職，我這邊空到不行。」

葉岡露出苦笑。人手不足對他來說也是煩惱的源頭。

「麻煩你囉，松菇。」

「我性松谷。」

「松谷，明天上午的會議我也會請她來參觀。」

我好不容易才忍住不要發出「嗚呃」的聲音。

「是我建議的。你的團隊感情很好，最適合給人視察對吧？」

葉岡笑咪咪的。他是知道「真相」呢，還是不知道呢？這個人的心實在很難猜。

「……後果自負喔。」

扔下這句話就是我的極限，反正我無權拒絕。

早班、上午班、下午班、夜班。

我們基本上都是以這四種型態排班。

上午班是十點要到公司，所以時間比較充裕一些。前一天熬夜看深夜動畫也無所謂。只不過，最近連熬夜這件事本身都讓我有點吃不消了，還會不小心在電視前面睡著。本來想說那就錄起來假日再看，但假日我會睡一整天，到頭來還是沒辦法看。宅宅就是這樣慢慢變成社畜。

◆

於是，上午班。

我在離上午十點只差那麼一點的時間來到公司，一名長髮女子正坐在我的座位上處理客訴。

這名女子不是公司員工，也不是打工的。

雪之下雪乃。

她挺直背脊坐在那裡。

戴著耳麥，冷靜地對麥克風說話。嘴上反覆說著「十分抱歉」、「失禮了」等道歉的話，表情及身體卻一動也不動。

即使是講電話，道歉的時候依然會忍不住低頭。弓濱優梨經常像有點詭異的節拍器一樣，頭晃來晃去。我也會微微收起下巴。

這個雪之下卻不動如冰雕。

不對，該稱之為「冰牆」吧。她用那冰冷的美貌，將顧客的抱怨反彈回去。

數分鐘後，電話掛斷。

處理完客訴通常都會嘆口氣，她卻連一口氣都沒吐。神情自若，以流暢的動作開始打報告書。

「……妳在做什麼？」

我開口詢問，雪之下瞥了我一眼。

「看不出來嗎？在處理客訴。」

「我問的是為什麼身為本店員工的妳在做這種事。」

雪之下歪過頭。

「是你說的呀。『要對現場工作人員指指點點的話，該等到妳在這邊上過班再說』。我只是聽從你的忠告罷了。」

我懷著看見新種動物的心情，凝視眼前的女人。

「妳真不像本店的人。」

「這句話我就當成稱讚了。」

她拿下耳麥，輕輕甩了下頭。清爽的香氣隨著她的動作飄散。

「客訴內容是？」

「住在千葉的四十歲男性。因為文件沒寄到而打電話來。發現是顧客自己誤會後，轉為抱怨我的態度。」

「常有的事。那種客人只是想靠找別人的碴發洩自己的壓力。」

「他跟我抱怨『為什麼妳的聲音不是東山奈央』，由於實在太有趣，我就回了『為什麼您的聲音不是江口拓也呢』。」（註23）

「……妳滿有種的嘛。」

原來如此，看來她不是一般的千金大小姐。

雪之下從座位上起身。

「接下來要開會對吧？松谷監督，小心不要遲到。」

然後轉身離去，長髮在空中拖出一條尾巴。

回過神時，周圍的員工都在盯著這邊。在這個時段上班的人全是女性，照理說不會為雪之下看得出神，不過，她似乎擁有引人注目的某種特質。

我清了下喉嚨說：

「三十分鐘後開始開會。麻煩大家到第一會議室。」

註23　東山奈央為由比濱的聲優，江口拓也為比企谷的聲優。

她們「是──」給予有氣無力的回應。

說是會議，其實結果早就能預料了。千篇一律的業務聯絡、根本沒必要說的注意事項。小學班會搞不好都比較刺激。年紀愈大，感性就會被磨得愈來愈遲鈍。

然而，今天總覺得會發生什麼事。

平常不會發生的事。

宛如盛夏的白雪。

◆

我踏進會議室時，已經有十位左右的員工在裡面集合。

會議室的座位也能如實呈現人際關係。資歷十年以上的老鳥統統集中在窗邊最後面的位子。另一側稍微靠後的座位，是能幹的年輕職員，其他新人和業績不怎麼樣的員工則分散各處。據說三個人聚集在一起就能形成派系，看到這個畫面，可以說一目了然。

「嗨，松松。」

弓濱優梨在窗邊最前面的位子輕輕揮手。用像貓一樣微微握拳的手對我招手，叫我過去。身為一個貓控，不可能抗拒得了這個誘惑。

我坐到她旁邊，她開心地跟我搭話。

「欸，今天的會議要討論什麼？」

她總是面帶笑容，不知道有什麼好開心的。在這如同地獄底層的職場，大方地散播陽光。

「反正八成跟平常一樣。傾聽課長寶貴的建議和公布上個月的業績。」

「這樣呀——好像在上學喔。」

弓濱趴到桌上。

「好煩喔。我上個月業績也是勉強才達標——」

「有達標不就得了？因為還不還錢得看顧客的意願。」

催促員工的業績，會用「回收率」來表示。簡單地說就是「自己負責的客人有沒有還錢」。一百名顧客中有一百人還錢，回收率就是百分之百。不過這種事不可能發生。業績好的人，回收率大多落在百分之六十五到百分之七十。

「可是——還是有回收率很高的人呀？小勝美之類的。」

「……是啦。」

弓濱輕飄飄的頭髮在毛衣的肩膀處搖晃。她的肩膀不時會發抖，那個位子會直接吹到冷氣。既然如此，換個地方坐就行了，可是開會的座位是靠派系決定的，不能自由移動。明明她比其他人更怕冷。這種重要的事不先說，我覺得有點卑鄙……

咦？這是誰說過的話？

「那裡很冷吧，我跟妳換位子。」

「哇，松松好溫柔！」

弓濱睜大眼睛。

「萬一妳感冒，班表就會空出來。到時被課長罵的是ＳＶ。」

ＳＶ就是所謂的現場監督。聽從課長的指揮，在現場統率兼職人員。管理班表也是工作之一。

在我們換好位子時，背後傳來聲音。

「你們感情還是一樣好呢。」

「咦？」

弓濱回過頭，視線前方是一名濃妝女性職員。

相撲勝美。

她帶著三名跟她一樣濃妝豔抹的夥伴——不，是手下，奸笑著。我實在不喜歡這個笑容。手下在旁邊竊竊私語的聲音也非常刺耳。還有香水的味道。嗆鼻的味道。

「沒有啦，不是妳想的那樣。」

弓濱用不著化妝就很白的臉頰染成紅色。

「咦——？那是怎樣呢？嗯？」

她回頭徵求手下的附和。然後對我投以意味深長的目光，再度露出奸笑。

真是……

就是因為這樣，我才討厭女人的職場。

講幾句話就會傳出無憑無據的謠言。妳是光跟女生說話就會認定那兩個人在交往的小學生嗎？弓濱說得沒錯，這裡是學校。充滿屁孩的小學。

我正準備開口反駁，會議室忽然恢復靜寂。

雪之下雪乃走進會議室。

走路沒發出半點腳步聲的姿態、靜靜搖曳的黑髮，令眾人停止呼吸。我也不小心看得出神。有種看見白雪紛紛飄落的感覺。

雪之下看見我，腳步停止了一瞬間。然後瞥向相撲。相撲明顯被她的氣勢震懾住，像被推倒似的往後退。雪之下興致缺缺地移開視線，坐到對面靠走廊那一側的最前方。坐在她隔壁的男性學生打工族嚇得往旁邊挪了一個座位。

「那是怎樣。」

相撲不爽地咕噥道。大概是被雪之下的態度或外貌，抑或兩者皆是而惹怒了。她命令手下坐下，占據走道側偏後方的位子。

會議室的門再度打開，葉岡課長走了進來。踩著彷彿要秀出一雙長腿的步伐，站到白板前面。全員的視線都集中在他身上，他先是打了聲招呼，開始召開會議。

宣布完幾項聯絡事項後，接著公布上個月的業績。對員工來說就是成績單。成績好的人能拿到獎金，對想轉正職的兼職人員而言，則是人生的分水嶺。

葉岡用帥氣的聲音朗讀。

「六月的回收率第一名，是相撲勝美小姐。」

周圍湧起掌聲，相撲得意洋洋地站起來。在帥哥的注視下，化了妝的臉泛起一抹紅潮。

「相撲小姐，如果有什麼回收的祕訣，可以請妳跟大家分享嗎？」

相撲左右扭動她過瘦的身體。這啥？求愛舞？

「咦咦？沒有啦。人家……我最重視的是跟客人聊得開心，說不定是這個工作態度碰巧帶來了好結果？」

她講話跟納豆一樣，每個字都黏在一起。

雖然我真的很討厭她，她的業績優秀是事實。我監聽過她跟顧客的對話，內容很普通，不知為何回收率卻高得嚇人。

因此，她在這個團隊擁有極大的發言權。

連身為SV的我都反抗不了她。

這也是還是年輕兼職人員的她，能以「女王」身分君臨此地的原因。

業績公布完後，葉岡看著雪之下說：

「我想大家應該都知道了，銀行的人從昨天開始要到我們這邊視察。」

雪之下一站起來，我就感覺到大家屏住氣息。聽見旁邊的弓濱吞口水的聲音。

「我是丸菱銀行總務部的雪之下，會做好視察委員的工作。」

她說完這句話就坐下了。

周圍傳來吱吱喳喳的交頭接耳聲。還聽得見「這人感覺好討厭喔」這樣的竊竊私語。用不著回頭都知道是誰說的。

葉岡清了下嗓子，以掩飾尷尬的氣氛。

「就是這樣。請大家和她好好相處。」

是——眾人給予懶洋洋的回應。唉，愈來愈像小學了。

雪之下的職位就是「風紀股長」吧。

那麼。

身為屁孩代表的我，該如何行動呢？

◆

一星期後。我按照慣例加班，時間超過晚上十點時。

「班表管理得太鬆散了。」

啊——回家吧回家吧快點回家吧，在我登出的時候，降下一陣冰雪。這傢伙也加班啊。

「請問本店小姐有何貴幹？」

我毫不留情地冷冷回問，她卻文風不動，將工作用平板拿到我面前。

「你的團隊班表遵守率低於八成的有五個人。這種隨便的出勤狀況，你怎麼有辦法允許？」

「管太嚴的話他們會辭職，這樣就得不償失了吧。本來就是靠不足的人手在想辦法排班了。」

「這跟那是兩回事。沒秩序的地方拿不出亮眼的成績。」

累到不行的時候有人來找你高談理想，會燃起一把無名火。

在我心想「今天絕對要直接跟她說清楚」而站起來的時候，聽見好笑的噴嚏聲。我和雪之下反射性望向聲音來源。是已經關燈的休息室。

「啊，喂，我還沒說完……」

我無視雪之下的制止，邁步而出。踏進只有間接照明的昏暗休息室，看見一個雪人在角落的冰箱前面窸窸窣窣動來動去。

「……弓濱，妳在做什麼？」

拱起來的背部抖了一下。

弓濱優梨拿著尼龍纖維抹布，回頭露出苦笑。

「擦冰箱。」

「呃，看就知道了。」

我搔著頭回憶。員工會輪流一個月清一次共用冰箱。記得這個月應該是輪到相撲勝美才對。

「小勝美說她今天有事，請我代替她。」

「有事？」

「她說她要跟審查部的人去澀谷喝酒。」

「啥？之前不是才喝過？」

「嗯……他們感情好像很好。」

弓濱朝發紅的手哈氣。儘管現在是盛夏，幫冷凍庫除霜還是會凍成這樣。

「不過，為什麼會選在這種時間？」

「我忙傳真忙到剛剛。今天超多的——」

「可是今天輪班的本來就不是妳啊。」

「嗯，那也是小勝美她說……」

我再度嘆息。

然後對晚來一步的雪之下說：

「剛才那句話我收回。」

「什麼？」

「班表得好好遵守才行。妳說得沒錯。」

我從冰箱旁邊的收納櫃拿出酒精噴霧和廚房紙巾，用噴了酒精的紙巾擦掉冰箱外側的汙垢。

「松松？」

「快點搞定吧。」

弓濱「唔」哽咽了一下，接著「嗯！」露出笑容。

我抱著有稜有角的大冰箱奮力擦拭，一隻雪白的手忽然伸過來，將如同象牙工藝品的手指探進積滿灰塵，誰都不想碰的牆壁與冰箱的縫隙間。

「雪之下，怎麼連妳都──」

「不是要快點搞定嗎？」

我們默默拚命擦拭冰箱。成熟的大人暫時埋頭於連加班費都拿不到，不在工作範圍內的「侍奉」上。

看著好不容易變乾淨的冰箱，弓濱「好！」高興地微笑。光是看見她的笑容，就有種疲勞得到緩解的感覺。

話說回來──雪之下開口說道。她正在用手帕擦拭額頭的汗水。

「弓濱小姐為什麼要聽相撲小姐的話？拒絕不就行了？因為她業績優秀嗎？」

聽得出她的言外之意是「妳是不是被她握住什麼把柄？」。

弓濱的回答很簡單。

「因為我跟勝美是同期。」

「就因為這樣？」

「她是我唯一的同期。同年進公司的人，已經只剩我和勝美了。」

就我看來，相撲是個討人厭的人，弓濱卻有其他看法。果然會對同期有特別的感情。我那兩位同期也全滅了。一個人轉行，另一個人得了心病。不知道他們現在在哪裡。

「我明白了。」

雪之下平靜地說。

「可是，有時這種善意對對方反而不會有好處。勸妳最好記住。」

「嗯……謝謝。」

雪之下看著跟自己道謝的弓濱，眼神忽然變得溫柔。彷彿在注視懷念之人。

「剛才我聽見妳打了個噴嚏，還好嗎？」

「啊，嗯。沒事沒事。」

「這間公司冷氣太強了。松谷ＳＶ，請你想點辦法。」

「去跟大樓的管理公司說。」

對我倒是冷漠得毫不留情。

弓濱的治癒氣息，連本店小姐都受不了嗎！

◆

隔天下午。

上晚班的弓濱來到公司時，早班的相撲大步走向她，面帶怒色。

「我接到這位客人的投訴。」

弓濱錯愕地盯著相撲遞給她的傳真紙。

「妳把這份文件傳真到其他客人那邊。搞錯編號了對吧？」

「咦，真的假的。」

弓濱接過傳真紙，用自己的電腦搜尋編號。她盯著螢幕看了一段時間，不久後沮喪地垂下肩膀。

「對不起……原來是同姓的客人。」

「那又怎樣？發送前念一遍名字和顧客編號，不就能預防了嗎？妳害我被罵了一頓耶。欸，妳要怎麼賠我——？」

相撲喋喋不休地責問她。她的語氣及用詞都令人不悅。附近的員工也都皺起眉頭，但相撲一瞪過去，他們就連忙移開視線。在這個職場，惹到女王意味著死。

我從SV座上起身，介入其中。

「適可而止吧。大家都在看。」

相撲狠狠瞪了我一眼，揚起過於鮮紅的嘴唇。是爬蟲類的笑容。

「好好喔──優梨，SV先生會護著妳耶──跟人家打好關係，這種時候就很有用對不對──？嗯──？」

弓濱不知所措，視線在我和相撲身上來回移動。

我克制住想對這個埃德蒙女（註24）怒吼的衝動，表面上無視她，指向牆上的電子布告欄。上面顯示著排隊人數──「有幾位客人在線等候」。

「有五位客人在等，請盡快協助！」

弓濱猛然回神，反射性按下電話的開關。「您好。我是丸菱信販卡貸部門的客服人員，敝姓弓濱。」在這種狀況下，她依然能立刻用平常的語氣接電話。溫柔的聲音緩和了聽者的情緒。弓濱乍看之下靠不太住，其實是個非常優秀的員工，我很清楚。

相撲忿忿不平地瞪著弓濱。我又喊了一次「請盡快協助！」相撲便心不甘情不

註24　遊戲《快打旋風》中的相撲力士角色。

願地回到自己的座位上。

真是……

相撲的回收率雖然是第一名，我對她的評價卻很低。在回答顧客問題和處理客訴的部分，遠遠不及其他客服人員。例如像剛才那樣，電話響個不停的時候，她也不會第一個接電話。她拿拔群的業績當盾牌，不聽SV的指示。

瘋狂的來電告一段落時，背後傳來冰冷的聲音。

「相撲小姐的存在，對這個職場而言稱不上有益處。」

喔，是嗎——我邊用電腦邊回答。不必回頭也知道。我只認識一個女人能發出如此冰冷的聲音。不知道她從何時開始監視的。

「妳竟然會講這種話。真意外。」

「意外？」

「因為，相撲的回收業績超好的喔。對你們本店的人來說，遠比弓濱更有用吧。」

「——前提是她的業績是真的。」

她的語氣轉為輕聲呢喃。

我下意識回頭，抬頭注視雪之下白皙的臉龐。

「這話什麼意思？」

「我監聽過好幾次她接待顧客的電話，找不出特別之處。跟照稿唸一樣——不，考慮到她有時會忘記講敬語，或是口氣變隨便，分數差不多位於中下。這樣回收率還能那麼高，只能說不可思議。」

「用不著妳說我也明白。可是，她業績好是事實啊。」

是嗎？雪之下像在自言自語般嘀咕道。她將雪白的手放到臉頰上，彷彿在沉思。

「妳在想什麼？」

她沒有回答。

「不懂現場的本店能看出什麼啦。拜託妳別鬧事。」

我故意挖苦她，卻被雪之下無視。她的思緒已經飄到另一個世界。即使在同一個空間，腦袋裡想的事也不一樣。價值觀不同，著眼點不同。看著她小巧的臉蛋，我深深體會到人類有顯而易見的差距。

站在遙遠高處的冷酷女神，會對這個地獄下達什麼樣的制裁——於地面爬行的社畜無從得知。

◆

一星期後的午休時間。

我在休息室角落吃便利商店的飯糰，手中是預計明年度開始採用的新講稿資料。好像是雪之下以這次的視察為依據，跟高層建議的。哦，確實寫得很好。好到讓人火大。海苔屑散落於白紙上。等等跟這份資料一起扔進碎紙機吧。

擠了約三十人的休息室，充滿嘈雜的交談聲。畢竟這個職場女性比例高，跟女校一樣吵的環境，男性不可能受得了。因此絕大多數的男性員工都會逃到外面吃飯。我也是這類型的人，但我這個月在手機遊戲上花太多錢，現在手頭很緊，所以無法逃離。

五人的女性團體，占據了充滿女性的休息室的正中央。是業績第一的相撲勝美大人一行人。

她們用如同棲息在叢林深處的珍鳥的聲音，吱吱喳喳叫個不停。「男人」、「年收」、「升遷」等詞彙斷斷續續地傳來。啊──煩死了。早知道就去吃牛丼。

弓濱也在那個小團體之中。不過，聽不見她的聲音。她始終只有輕輕點頭應聲。我也想過這樣真的開心嗎？但她的角色在團體中是不可或缺的。女性聊天時會希望得到「這樣呀，好厲害！」之類的附和。

粗野的大叔聲音突然介入尖銳的交談聲中。

「相撲！有空嗎？」

是個頂著快要撐破的大肚子，六十歲左右的大叔。油光滿面的臉上掛著懶洋洋的笑容。是澀谷的審查社社長，記得名字叫……叫什麼來著？我記得他的綽號是

「惠比壽」。

「咦——部長，找我有事嗎？」

相撲發出陪酒女般的聲音站起來。惠比壽社長也笑咪咪的。你是有寄瓶喔。

「我有事要跑一趟千葉，就來順便看看妳。妳在澀谷的評價也不錯喔？大家都說妳是連續三個月回收率第一的王牌。」

「討厭啦——別說了——大家都在看耶——」

相撲親暱地拍著部長的肩膀，臉上寫著「繼續！繼續誇我！當著大家的面誇我！」。在這個地獄待久了，別人的真心話都會以字幕的形式顯示出來。

「怎麼樣？要不要九月考考看升正職？（譯：如妳所願誇妳幾句，收下吧。）」

「嗯——我確實覺得是時候了，可是我應該考不過吧~（譯：既然你這麼說，應該會給我一些方便吧？嗯？）」

「選妳準沒錯，我會幫妳做擔保！（譯：如果妳因為我的關係考上正職，知道該怎麼感謝我吧？咿嘻嘻。）」

「意思是審查部會幫我推薦囉？太棒了♪（譯：這跟那是兩碼子事吧？算了，等那個職位到手就是我的囉——咕呼呼。）」

唉……

能滿不在乎地進行這麼不要臉的對話，金融機關聽了都會傻眼。之前那個顧客說得沒錯。骯髒的高利貸。

惠比壽社長離開後，相撲的跟班們異口同聲拍起她的馬屁。「好好喔——正職！」「我也想離開千葉這種鬼地方——！」先不論她們心中是怎麼想的，每個人都面帶笑容。

只有一個人例外。

弓濱優梨。

她勉強扯出笑容，不過遠看都看得出她的笑容很僵硬。

「小勝美要去澀谷嗎……？」

無精打采的聲音很不像她。

相撲坦率地點頭。殘酷的是，只有這個時候，她的笑容顯得很可愛。

「因為人家一直想去審查部嘛！所以才這麼努力催款。現在終於有了回報！（譯：誰要在千葉這種鄉下地方跟人討錢啊。我先閃了。）」

看來字幕還沒關掉。

然而，這麼好懂的真心話，就算不是我也看得出來吧。

「這樣呀……太、太好了！」

弓濱臉色很差。

同期要去澀谷，令她大受打擊——看起來不只是因為這樣。仔細想想，最近她的狀況一直不太好。

吃完午餐，相撲她們回去工作了。弓濱卻獨自坐在椅子上，呆呆凝視手中的手機。圓圓的背部顯得比平常更加嬌小。

正當我出於擔心，想跟她搭話時，她的身體忽然倒下。趴在桌上一動也不動。

「喂，弓濱？沒事吧？」

「嗯，我沒事。我……沒事。」

走近一看，她額頭冒汗。眼睛也像小狗一樣水汪汪的。她發燒了。

「今天我算妳早退，去裡面的午休室睡一覺吧。」

「不行啦——這樣沒人補我的空缺。」

「妳工作到一半昏倒才更麻煩。」

我半強迫性地帶弓濱到休息室旁邊的午休室。約兩坪的昏暗空間中，放著一張大沙發床和棉被。我把門開著。

「對不起喔，松松。」

弓濱坐在沙發上說。她將代替枕頭的靠墊放在大腿上，身體縮成小小一團。看到總是朝氣蓬勃的她這麼沒精神，我也於心不忍。

「剛才那件事，妳受到打擊了對吧。」

我問，她略顯猶豫地點頭。

「你可能會覺得我是個嫉妒朋友出人頭地，心胸狹窄的女人……」

「不會啊。」

我明白原因不是那個。她是在為其他事受到打擊。

「原來只有我把她視為同期，對她產生同伴意識。單相思。哈哈，我被甩了。」

「……」

我不知道該跟她說什麼。那句話宛如冰冷的石頭，沉入我的心中。單相思。

敲門聲傳入耳中。

轉頭一看，雪之下雪乃抱著胳膊站在那裡。

「松谷監督，在這種地方和女性員工兩人獨處，是不是太欠缺考量了？」

「所以我沒關門啊。」

嗯——雪之下點頭。「以你來說還挺聰明的。」她邊說邊蹲在弓濱旁邊，看著她的眼睛。

「妳看起來很不舒服，所以我之前才提醒過妳。」

語氣溫和。這傢伙果然很寵弓濱。

「啊哈……對不起。該怎麼說呢，有點，精神受到打擊。」

「精神？」

雪之下的視線移到我身上。彷彿在叫我說明。

我將在休息室的對話一五一十轉述給她，雪之下板起臉來。

「審查部的部長為什麼跟區區一個客服中心的員工那麼熟？我覺得不太自然。」

「小勝美人脈很廣，她常去參加派對和聯誼。」

我同意弓濱這句話。

「每年會跟澀谷的本公司舉辦幾次類似聯誼會的活動，撮合那邊的年輕男性社員和我們這邊的女性兼職人員。也有幾位員工因此而結婚。」

讓男性社員早點結婚，努力工作——這似乎就是本公司的方針。不過在客服中心上班的我，從來沒享受過這種好處。

「那位部長六十歲左右了吧？還沒結婚嗎？」

「當然結婚了啊……不過，嗯，妳知道的。」

男女一旦相遇，有時會建立起不恰當的關係。難道辦派對也是為了這個目的——這樣想好像太牽強了。

然而，雪之下並沒有被說服。

「上午，我又調查了一遍相撲小姐的通話紀錄。」

「妳還真煩人。問幾次都一樣。我也監聽過好幾次她的電話。」

「嗯，通話內容沒有可疑之處。我注意的是更之前的事。」

「更之前？」

雪之下點頭。

「打電話催款前，她會花很多時間準備。登入好幾次顧客資料庫，搜尋資料。次數是其他員工的好幾倍。我記得工作守則上寫的是『按照系統給的順序打電話給顧客』對吧？」

「嗯，基本上是這樣。」

系統會顯示「先打電話給這位顧客吧」、「接下來是這個人」、「下一個換他」。員工要聽從指示打電話。

「但她沒有聽從指示的跡象。特地在打電話之前搜尋顧客資料，仔細調查某些情報。我必須說這個行為相當不自然。意即──」

雪之下的視線變得更加銳利。

「相撲小姐在挑客人。藉由某種手段區分出比較好催款的客人，以那些人為重點打電話。我得出這樣的結論。」

我忍不住嘆氣。

旁邊的弓濱也一臉錯愕。

「還以為妳發現什麼了不起的祕密，原來是這點小事……」

「這點小事？」

「我說，大家多少都會挑客人啦。根本沒人會對系統的指示照單全收。」

猶豫了一下，弓濱也跟著開口。

「我也會稍微挑個……我實在不擅長應付講關西腔的客人，所以如果系統叫我打電話給他們，我都會跳過去。」

在我們這邊是常有的事。很多女性員工不喜歡講話比較粗魯的關西地區的客人。有時候會因為大家都跳過他們的關係，由我加班一次把關西腔聽個夠。

雪之下無法接受，繼續發表她的見解。

「可是弓濱小姐，妳不會為此刻意登入資料庫查詢吧？」

「是沒錯。」

弓濱困惑地將視線移到我身上。

「不過雪之下，妳的假設有很大一個漏洞。」

「漏洞？」

「她怎麼看出好催錢的顧客？如果能做到這種魔法般的事，我們也用不著那麼辛苦。」

憑單純的資料就能區分願意還錢的顧客，再怎麼說都不可能。講過電話後是可以判斷出這個人有希望或沒希望，但在那之前是辦不到的。

這次，雪之下沒有反駁。她只喃喃說了句「是啊」就陷入沉默。

「啊，不、不過，小勝美直覺很敏銳，說不定她真的有那種力量。超能力之類的！」

弓濱彷彿在給她臺階下，著急地擺動四肢。體態圓潤的她做這種動作，看起來像倒在地上拚命試圖爬起來的雪人。

雪之下嘴角浮現一抹淺笑。

「不好意思，打擾妳了。弓濱小姐，好好休息吧。」

我們一同離開午休室。

休息室已經沒有半個人。鴉雀無聲。

「她是個好孩子。」

雪之下輕聲說道。我不認為有必要特地贊同。

「既然妳這麼覺得，就別管相撲了。就算她那副德行，對弓濱來說，她還是重要的同期。」

「這兩件事不能混為一談。」

雪之下說道，嘴角的笑容已經消失不見。

「我只會把我的工作做好。履行視察委員的職責。無論會被誰怨恨。」

這種說法莫名令人火大。

我面向冷酷的雪女，瞪著她。

「真了不起。擺出一臉自己最乾淨、純潔無垢的表情，像這樣高高在上地鄙視我們，很好玩嗎？」

「我並沒有鄙視你們。你會這麼覺得，是因為自己有自卑感吧？」

「這種態度就叫鄙視。」

我好不容易才控制住音量，不能吵醒在午休室的弓濱。

「在妳眼中，這裡或許是扭曲的職場，不過包含相撲的存在在內，全是必然的調和。那種女王哪個職場都有。相撲離開後，又會有另一個女人坐到那個位子上，對其他人頤指氣使。如果有看不順眼的人就要一一排除，客服中心根本無法運作。所以維持現狀就行。什麼都不變是最好的。」

我懷著「妳懂吧？」的意圖凝視她。

雪之下卻一口回絕我的「要求」。

「我之前就想問，你對於做這份工作感到自豪嗎？」

「怎麼可能。」

我不屑地說。

「怎麼可能。做這種工作哪可能自豪。犧牲感情、犧牲尊嚴換取金錢。工作了近十年，從來沒被客人感謝過。去死、守財奴、惡魔，這種罵人的詞彙倒是聽過幾萬遍。每個人其實都不想借錢的，會想一直隱瞞下去。而故意揭發這個祕密就是我們的工作。對這種工作感到自豪？少亂扯這種好聽話！」

我再也控制不住音量。

「雪之下，妳又如何？擺出一副『我是本店大人喔』的架子，自以為風紀股長，評論旗下企業的失誤及缺點，跟上頭告狀。為其他人的工作態度打分數，以此為樂。妳說得出自己對這樣的工作感到自豪嗎？妳說啊!?」

雪之下一語不發。垂下修長的睫毛，嘴脣抿成一線。我還以為她會激烈反駁，這句話這麼有效嗎？

她再度開口。

「再說一次。」

「……啥？」

「再說一次你剛剛說的話。」

我回望雪之下的臉。

「『少亂扯這種好聽話』？」

「不是那句。再前面一點。」

我想了一下後回答：

「『每個人其實都不想借錢的，會想一直隱瞞下去』這邊嗎？」

雪之下點頭。

「是嗎……原來如此。『想一直隱瞞下去』。原來如此，我都沒想到。」

「什麼東西？」

雪之下輕描淡寫地說：

「我從來沒借過錢，也沒貸款過。所以才會沒想到。原來如此，債務人會有這樣的想法呀。」

「……」

就說了，這種態度就叫鄙視……

呃，這女人好像有點天然。本店、視察委員那些頭銜都是後來才附加上的。她天生就是活在雲端的人。

雪之下將傻眼的我晾在一旁，快步離去。

「喂，妳在想什麼？」

她沒有停下，於背後搖晃的黑髮逐漸遠離。

「說話啊！雪之下雪乃！」

她終於回過頭。

從她口中傳出的話語卻冰冷如雪——

「講什麼都沒意義。」

她拿出卡片解除門上的電子鎖。

「就算我說出類似解答的話，你也不會服氣吧。人不會因為言語而行動，不會因為言語而改變。」

「那妳要怎麼做？」

「重新自問。」

她如此說道，彷彿要告訴自己。

「沒錯。我要重新自問。無數次地重新自問青春時期的那個問題。」

◆

在那之後，平安地度過了一個禮拜。

我還想說雪之下肯定會有動作，所以挺意外的。本以為她會揭發相撲業績第一的祕密，開會譴責她。然而，她只是默默繼續視察，仔細尋找失誤，跟我抱怨。一如往常。

結果，並沒有發現不正當的行為。

什麼事都沒發生令我鬆了口氣，同時也覺得有點遺憾。我為這樣的自己感到驚訝。我在期待那個冷血女做什麼？改變這個地獄嗎？可笑至極。沒有比社畜作的夢更可笑的東西。

弓濱的身體狀況也恢復了，表面上跟平常一樣在工作。她和相撲的關係也沒有變化。儘管孕育著各種欺瞞，只要她還待在這個地方，她們就是同事，是同期。一如往常。這樣就好。

八月也快過完了，雪之下的視察剩下數日。

今天一大早就排了定期會議。除了跟上個月一樣會公布業績優秀的人外，還會公布跟員工募集的「提升職場士氣的標語」。這是葉岡課長提議的。「大家」一起想，「大家」一起努力。人人為我，我為人人。那位大少爺菁英很喜歡這種好聽的題目。

帶著溫和笑容站在臺上的葉岡，對聚集在會議室的我們說：

「總共收到十五封來信。謝謝大家在百忙之中抽空參與活動。每個人想的都很好，不過我想跟各位介紹我特別喜歡的一句——相撲勝美小姐。」

是——相撲發出興奮的聲音站起來。

「可以幫我唸一下妳想的標語嗎？」

「咦——我有點不好意思耶。」

「沒什麼好不好意思的。那句標語非常棒。」

相撲被葉岡誇得紅了臉。跟被那個惠比壽部長稱讚時判若兩人，是發自內心的。儘管想出人頭地，女人果然對帥哥沒抵抗力。

相撲清了下喉嚨，得意洋洋地說：

「『絆～大家同心協力的客服中心～』。」

我差點忍不住發出「呃啊」的聲音。

這傢伙臉皮真的有夠厚……

其他員工也都眼神死了。相撲把一堆雜務丟給弓濱做，是眾所皆知的事實，只是大家都因為害怕她，裝作沒看見。不知情的人只有課長一個。

「我覺得很棒。羈絆。正因為是流動率高的職場，才要多加珍惜。」

葉岡一拍手，其他人也跟著鼓掌。相撲愈來愈得意，鞠躬行了一禮。全是鬧劇。這裡沒有任何東西是真的。沒有真物。全是偽物。

這時，一隻雪白的手靜靜舉起。

彷彿要對這場充滿虛偽的舞臺劇提出異議，筆直舉起的那隻手——是雪之下雪乃。

葉岡問：

「雪之下小姐，請問有什麼事嗎？」

「其實我也想了一個標語。接在相撲小姐後面實在不太好意思，不過方便讓我發表嗎？」

相撲挑了下眉。

「那真是太棒了。請說。」

「謝謝。」

雪之下站起來，緊盯著相撲。由於相撲也盯著她，剛好形成兩人互瞪的情況。會議室充滿令人窒息的沉默。

「『人～仔細一看，半邊的人在納涼的客服中心～』。」

世界凍結。

沒人出聲。相撲、葉岡都只是愣在原地，我當然也一樣。弓濱的嘴巴甚至張大到下巴都快脫臼了。

「……可以請妳說明嗎？」

葉山終於開口。

雪之下冷靜地說：

「我們常說『人』這個字是兩個人互相依靠——其實是其中一人靠著另一個人。容忍某些人的犧牲。沒錯，例如把麻煩的雜務扔給同事，自己靠不當手段提高業績，企圖一個人升遷。我認為這句標語很適合有這種人在肆虐的職場。」

葉岡整張臉垮了下來。

「那句標語真的是妳想出來的嗎？雪之下小姐。」

「不。是我的——高中同學想到的。」

她的目光忽然變得柔和，像在緬懷遙遠往昔的目光。

下一瞬間，那抹溫柔消失了。

視察委員冰冷的視線貫穿相撲。

「相撲勝美小姐，妳知道我在指什麼吧？」

「啊？」

尖銳的聲音自相撲的薄唇傳出。

她接著用甜美的聲音對葉山說：

「我聽不懂她在說什麼。這個人誤會了。」

「現在是我在說話。給我面向這邊。」

雪之下語氣嚴厲地說。

「相撲小姐，妳在工作方面有不正當的行為。」

「所以？什麼行為？」

「妳業績第一的祕密。」

會議室一陣騷動。每個人都為雪之下扔下的炸彈大吃一驚，瞪大眼睛。我也很驚訝。我有自信我是在場的人裡面最驚訝的。

難道她發現了？

「魔法」的機關？

在眾人的注目下，雪之下從公事包裡拿出一疊厚厚的文件夾。隨便找一家文具行都有賣，平凡無奇的東西。藍色塑膠封面上一個字都沒寫。

「這是這半年來，妳打電話催款的顧客清單。」

雪之下順口說出的那句話，又在會議室內引起一陣騷動。

我們一天會打一百通以上的電話。那是規定門檻。她把半年份的資料調出來了？就算有重複的顧客，數量也不會只有一、兩萬而已。而她獨自將那些資料統統調查過了嗎？

「我仔細看過這份清單，發現一件事。妳成功拿回借款的顧客，將近半數都符合某個條件。人數多到無法以巧合來解釋——妳自己心裡有數吧？」

「妳夠了喔！」

相撲尖聲大吼。

「什麼條件？能討回借款的條件？哪有那種東西！在這裡工作的人都知道吧？根本沒有那種魔法！」

「不。有的。」

雪之下說道。

她靜靜望向我。

「非常遺憾的是，這不是我靠一己之力想到的。要是沒有工作經驗豐富的松谷SV的意見，我大概想不到這個答案。」

大家的視線集中在我身上。

但我毫無頭緒。我給過她意見？什麼意見？

「他跟我說過，『借錢是丟臉的事，不會想被別人知道』。本來就沒錢可還，或是沒打算還錢的顧客暫且不提，這個初期催促組的顧客，大多是程度較輕微──『有錢還，不過想拿它當生活費』的人。意即只要有那個意願就還得出來。只要加上『絕對不想被其他人知道』這個理由，會怎麼樣呢？即使有點勉強，客人也會願意還錢吧？」

「滿有道理的。」

葉岡說。

「可是，絕對不想被其他人知道的借款是什麼？我們負責的主要是購物貸款，金額頂多數十萬到百萬日圓。這點錢就算被家人或職場知道，也不會有多嚴重的後果。」

「但其他人總是會問的吧。『你買了什麼？為什麼借錢？』對不對？相撲小姐。」

相撲像在看待仇敵似的瞪著雪之下。

葉岡著急地問：

「我抓不到重點。買了什麼東西會不希望被任何人知道？妳說的『某個條件』是？」

雪之下開口。

「答案是——」

說出決定性的答案。

「包莖。」

所有聲音頓時從會議室中消失。

和剛才的沉默截然不同。大家帶著忽然被人賞了一巴掌的表情注視雪之下。

這傢伙剛才說什麼？

包、包……

某議員的千金，在本店工作的菁英說了那個詞？包、包……

雪之下接著開口。絲毫不覺得難為情，光明正大地讓聲音傳遍四周。

「最多的項目是包莖手術，接著是美容整形，然後是豐胸手術、陰莖增大手術等等。相撲小姐藉由某種手段，取得用貴公司的信用卡支付這些款項的顧客清單。以一般員工的權限無法調查這些資料，不過對於職位更高的人應該只是小事一樁吧。沒錯——例如審查部的部長。」

相撲肩膀一顫。

她垂下塗了睫毛膏的睫毛，不肯抬起視線。

「這些手術的費用偏高，有些似乎還得花上數百萬。要一次付清有難度，所以很多人會使用信用卡。相撲小姐催回借款的顧客中，這些人的比例高得異常。例如上個月二十號，妳打電話給五十位動了包莖手術的客人催款。這是巧合嗎？」

相撲依舊沉默不語。

然而，她的臉紅到臉上的濃妝都蓋不過。

「全是巧合——不可能吧？通常不會只打電話給動過包莖手術的顧客，還是妳有千里眼？光看名字就分辨得出動過包莖手術的男性？」

「閉嘴！」

相撲忍不住大吼。

「東、東一句包莖西一句包莖，吵死了！妳沒有羞恥心嗎？本店的菁英講這種話都不覺得丟臉嗎!?」

「並不會。」

雪之下挺直背脊。

宛如一朵薔薇，在這如同地獄的職場綻放。

「我的工作不會得到任何人的感謝。沒有人看到銀行派人來視察會高興吧，是不會有人跟自己道謝的工作。」

這時，她瞄了我一眼。

「不過，這就是我的工作。在職場視察，找出問題點，為創造更好的職場做出貢獻。相信最後一定會反映在各位的幸福上。誰會覺得丟臉呢？這是我的工作，我的驕傲。」

相撲張開嘴巴，接著又閉上了。

「今後應該會著手調查相撲小姐是從哪弄到那份清單的——我說完了。」

雪之下說完這句話便坐回椅子上。

勝負已定。

尷尬的沉默持續了一段時間，沒人出聲，現場氣氛讓人連嘆口氣都不敢。弓濱擔心地凝視大受打擊的相撲，其他人則看都不看她一眼。

「啊——那個……呃……」

葉岡清了好幾次喉嚨。

「這件事先由我處理，麻煩兩位等等到課長室來。」

會議到此結束。

唉，雪之下的工作方式只能以驚人一詞形容。

沒想到她會以這種形式揭發相撲的祕密。

竟然把相撲聯繫過的顧客資料統統查出來了，這種事還有誰做得到。何況她還從中發現特殊的共通點，根本是超人。

不過——

雪之下究竟有沒有注意到。

任何人、任何事，都沒有得到救贖。

◆

隔天，相撲勝美沒來上班。

直接曠職。

因為生病等原因當天必須請假的時候，會先通知SV。但過了公司規定的上班時間早上九點，相撲還是沒有任何消息。她從未遲到、請假過。照理說是一起小小的事件，職場上卻瀰漫一股「不出所料」的氣氛。

當著眾人的面被批成那樣，哪可能還有辦法來上班。

我打電話給相撲，結果她手機沒開。想必是現在不想跟公司的任何人說話。本想問問弓濱，但她今天沒排班。

相撲大概會順勢辭職吧。

許多員工就是這樣消失的。某天突然曠職，持續幾天後跟我說他想離職。甚至有當事人得了憂鬱症，不方便親自出面，所以由家人代替他來公司的案例。這裡就是這樣的職場。

相撲曠職很快就牽連到了其他人。

畢竟我們這邊人手不足，光是少一個人就會出問題。而且今天正好是月底的發薪日過後，是付款方面的電話最多的日子。不出所料，電話從早就響個不停。連其他部門的員工都跑來支援，卻負擔不了這個數量。「放棄」（電話沒人接，客人直接掛斷）的數量光上午就達到五十八件。是我當上SV後業績最差的一次。

午休時間，大部分的員工喉嚨都乾了。我的聲音也變得沙啞，最後服務的客人還關心我「感冒啦？」。我在休息室噴喉嚨噴霧。沒有食慾。午餐可能會只靠喉糖和蜂蜜水解決。

我癱在沙發上，感覺到有人接近的氣息。亮得發光的黑色高跟鞋的鞋尖映入眼簾，留著一頭長髮的影子在地毯上搖晃。

「這樣妳滿意了嗎？」

我低著頭說。

「妳履行自己的驕傲，結果就是這個慘狀。相撲辭職，職場不再有不正當的行為。對妳來說這樣就行了。因為妳可以帶著功勞回本店去。但我們還剩下什麼？少了相撲這名員工，就這樣。而這件事的影響波及到了我們。妳回到偉大的巨型銀行後，我們還是得在這個地獄裡工作。」

人影依然沒有說話。

「妳的做法拯救不了任何人。什麼都不會改變。妳做的事僅僅是排除掉一個人。那種做法連小孩子都會。職場失去戰力，弓濱失去同期。為什麼妳只會採取這種手段？啊？講話啊——雪之下！」

我抬起頭。

與雪之下對上目光。

弓濱優梨站在她身後，一臉困惑。

而弓濱旁邊——

相撲勝美站在那裡。

她的表情像個被罵的小孩，尷尬地移開視線，咕噥道：

「咦？」

「對不起，我上午沒來。下午我就會回到工作崗位了……真的很抱歉。」

我目瞪口呆，一句話都說不出來。

為什麼？為什麼相撲會在這裡？

「我帶著弓濱小姐去她家接她。」

雪之下用一如往常的冷淡語氣說道。

「為了給其他員工做一個好榜樣，有必要在那個時候嚴格譴責她。不過，沒做好善後工作就稱不上完美。要麻煩今天沒班的弓濱小姐，我很抱歉，謝謝妳願意跟我一起去。」

「不會啦，我完全不介意！」

弓濱笑咪咪地揮動右手。

「我也不希望小勝美辭職呀！」

我望向相撲。

「那妳不會辭職囉？」

相撲戰戰兢兢地點頭。

「辭職了人家也沒地方去……雪之下小姐又說她會幫我跟上頭說話。」

雪之下若無其事地說：

「其實這起事件，相撲小姐在某種意義上是受害者。」

「……啊？」

「審查部的惠本部長對她糾纏不清。他拿那份清單當成跟他交往的回報。相撲小姐一時鬼迷心竅，現在為那件事深感後悔。清單也還給部長了，打算洗心革面認真工作。對吧？」

是的——相撲用細不可聞的聲音回答。

雪之下接著說：

「我不會說相撲小姐完全沒錯，但我認為煽動她的惠本部長責任比較大。可以說是一種職權騷擾、性騷擾了。比起一名員工的問題，那是丸菱信販體制本身的問題。相撲小姐多少也會受到一些懲罰，不過惠本部長應該會受到更嚴重的處分。」

聽她這麼說，我明白了。

也就是說——她打算把事情經過設計成這樣。

那是雪之下所寫的「劇本」。

從之前在休息室的對話來看，惠比壽——更正，惠本部長和相撲肯定都是你情我願。我不認為是職權騷擾或性騷擾。不過，要設計成這樣。相撲的處分停留在譴責程度，利用她的證言將手術刀伸進高層，加以肅清——

那就是雪之下的計畫。

真正的目的。

仔細一想很正常。揭發區區一個兼職人員的不當（作弊）行為就完事，本店的視察委員不可能滿足於這種微不足道的成果。不追究相撲的過失，以更大的獵物為目標。就是這樣。

「這叫那個吧，認罪協商之類的……好卑鄙。」

「我對你的看法沒興趣。」

雪之下冷漠地說，面向相撲。

「之後拜託妳認真工作囉，相撲小姐。不管是傳真文件還是清理冰箱，都請妳對自己的工作引以為傲。不要推給其他人。」

「……………是。」

「大聲點。我聽不見。」

「是！」

相撲自暴自棄地大叫。

看見這樣的同期，弓濱笑了出來。

事件平安落幕。

幹得漂亮。

視察最後一天。

雪之下在這個地獄度過的最後一天，弓濱建議「我們三個一起辦送別會吧！」。雪之下微微皺眉，最後卻沒有拒絕，跟我們來到站前的居酒屋。

這家店我們常來，因此店家讓我們坐包廂。我們拿中杯啤酒乾杯，閒聊了一會兒，但七成都是弓濱在說話。從「有個客人好奇怪」這種工作的笑話，到她最近迷上的寫小說減肥，話題五花八門。每句話雪之下都會認真點頭回應「原來如此」、「的確」、「挺合邏輯的」。

不久後，場面安靜下來。

喝了兩杯啤酒就醉倒的弓濱，趴在桌上睡著了。

雪之下將外套蓋在她肩上。

「妳真的很寵弓濱。」

「看到她，會讓我想起以前的朋友。」

連坐在居酒屋的時候，雪之下都是挺直背脊。一舉一動連醉意都看不見。平靜的演歌於店內流淌，不時被醉客的笑聲蓋過。

「我高中遇過類似的事。」

「啥？」

「這次的事件。高中時期發生過類似的事。」

雪之下看著熟睡的弓濱說。

「當時也是由名偵探雪之下大人解決嗎？」

然而，她搖頭否認。

「當時的我什麼都做不到。無計可施。因為無聊的競爭心而心力憔悴，差點被過多的工作壓垮。不過——那個時候，我被『他』拯救了。」

他。

她的語氣有點甜蜜。

「就是妳的恩人囉？」

雪之下再度搖頭。

「我雖然得到了救贖——卻覺得『他』的做法是錯誤的，我不想肯定。所以，我動不動就會重新自問，換成現在的我會怎麼做。」

重新自問——雪之下這麼說。

不停拿青春時期的那個問題重新自問。無數次地——

「真想見見妳說的那個他。」

能讓這位雪女說出這種話的人，是怎樣的男人？我對他產生興趣。那人頭腦有多麼明晰？胸襟有多麼寬廣？有多麼……

雪之下斬釘截鐵地否認。

「你全猜錯了。」

不要讀別人的心讀得這麼自然好不好。好恐怖。

「跟你有點像。可是，果然不一樣。」

雪之下看著我的臉。看著我，卻不是在看我。恐怕是在透過我看著「他」。

「既然是那麼好的男人，抓住他不就得了。」

我半開玩笑地說，雪之下搖搖頭，嘴角勾起自嘲的笑。

「現在回想起來，他會不會是只存在於我的青春時期的虛幻幻影——如同逐漸融化的白雪的存在呢。為了讓我保有自我，他是必須的存在。但現在不同。我們已經不是少年少女了。所以我不得不重新自問，以免再度犯下錯誤——」

雪之下一口氣講到這邊，閉上嘴巴。

她像要中斷話題似的搖搖頭，站起身。從鼓鼓的錢包裡拿出鈔票及零錢，以一元為單位均攤餐費。不愧是銀行員。

「這一個月，承蒙你的關照了，松谷ＳＶ。」

她深深一鞠躬，我也低下頭。「辛苦了。」遇見她的時候想都沒想過的話語，自然而然脫口而出。

「最後告訴你一個不錯的情報。」

「什麼？」

「喜歡貓的話，去家樂福……噢，現在變成永旺了。去那邊的寵物店逛逛吧。會有許多收穫。」

我無法控制自己不臉紅。初次見面時，我在工作時間看貓咪的影片。沒想到她會在這個時候拿出來講。

「我知道。因為我常去那家店。」

雪之下聽了噗哧一笑。很棒的笑容，在最後留下的驚喜。呃，我真的嚇到了。這女人也會笑出聲啊……

「祝你和弓濱小姐幸福。」

看來那就是道別。

雪之下離開後，我喝光剩下一些的啤酒。

變溫的啤酒酸味強烈，非常難喝。不過，我現在嘗到的是另一種苦澀。

「在哪裡搞錯了呢。」

工作滿十年，我自認我把該做的事都做好了。

然而，無法對自己的工作感到自豪的我……果然在哪裡搞錯了方向也說不定。

我有辦法再次重新自問嗎？
跟她一樣。或者跟「他」一樣。
人生無論何時都無法挽回。
搞錯的答案一定會永遠維持原狀。
若想推翻那個答案，除了找到新的解答外別無他法。
因此，再重新自問一次吧。
為了知曉正確的答案。

為了在與她重逢時——

可以挺起胸膛告訴她。
我不會再搞錯了。

完

於是，新的**敵人**現身於**他**面前。

渡航

俗話說，男人踏出家門就會多出七個敵人。

尤其是邊經營公司邊當縣議員的。身兼二職，忙得焦頭爛額，樹立兩倍的敵人。

同伴當然也很多，不過在陽奉陰違的人賭上尊嚴的伏魔殿中，不能寄望建立起能坦誠相待的關係。再說，從出社會後到現在，我就不記得自己有在不權衡利害關係和不在心中盤算的情況下，真心誠意跟人相處過。和有無頭銜無關，世上一般的大人，應該有很多人都有這種感覺。

因此，我經常對「男人踏出家門就會多出七個敵人」這句話深有同感。

但我沒笨到公然講出這句話。以現在的風潮來看，不難想像光是性別限定男人就會被罵過時，此外，把身邊的人都視為敵人這一點，也可能被當成一種偏見。

更重要的是，萬一不小心在我家講出這種話，她一定會用那端正得嚇人的美麗於是，新的敵人現身於他面前。

面容帶著淺笑說「哎呀，意思是家裡就沒有敵人囉」。

無法立刻否定這個問題，真的讓人很不甘心。我完全沒有把她們視為敵人，但令人煩惱的是，我也無法肯定她們是同伴。

平常的妻子及兩位女兒，必須以聖人君子和賢妻良母來稱之。但有時她們會露出遠遠凌駕於邪惡暴虐之王的惡鬼般的一面。

所以，嗯，相抵過後就用小惡魔來形容她們吧。

……不，這個詞或許稍嫌不足。她們的存在規模有點太過龐大，不適合以小惡魔稱呼。可怕的時候超級可怕。尤其是妻子，真的很可怕。長女最近也非常可怕。次女在不為人知的地方很可怕。

然而，正因為可怕，展現出可愛一面時才會更有破壞力。輕易粉碎我的理性之牆，跟淺間山莊事件的鐵球一樣（註25）。

無法分類為敵我方，稱之為小惡魔太過可愛，過於可怕的她們。

既然如此，叫她們女神應該是最適合的。

在數不清的神話及英雄傳說中，女神未必是同伴。有時也會是恐懼及混沌的象

註25　一九七二年發生於日本淺間山莊的綁架事件。警方使用起重機掛著鐵球，擊碎山莊的牆壁攻入其中。

徵。

妻子和女兒也如同諸多神話中的女神，兼具慈愛及恐怖這兩個極端的性質，隨意奪走庶民的心。英氣十足的美貌自不用說，偶爾展現出的少女般的可愛模樣也頗有女神風範。

男人踏出家門就會多出七個敵人。回到雪之下家就會看見三位女神。

因此，即使回到家中，我的心情也無法平靜。因為今天我八成又會被陰晴不定的她們耍得團團轉。

× × ×

從後座的車窗看出去，夜櫻在月光的照耀下，於流逝而去的景色中紛紛飄落。紅燈亮起，司機慢慢停車，由街燈照亮的櫻花，樹枝前端的嫩葉稍微探出了頭。四月已經快要過一半了。我一直待在事務所和辦公室工作，所以沒注意到時間的流逝。

邁入新年度的忙碌期也告一段落，我的心情似乎放鬆了一些。之前一直都在家裡、辦公室、事務所、出差地點輪流跑，現在終於能喘一口氣。

我心不在焉地看著窗外的景色，車子再度靜靜駛向前方，大概是綠燈亮了。和緩的加速過程及平穩的煞車，都在在反映出專業人士的技術。我年輕時雖然也常開車載人，果然比不上以此維生的專家。跟著岳父開始工作的時候，我遲遲無法習慣由別人當司機，現在則一點都不覺得奇怪。

車子開到家門前，司機下車繞到後座幫我開門，也已經習以為常。

謝謝。辛苦了。晚安。明天見。

我連自己剛才說了什麼都不知道，在完全無意識的情況下說出道別的招呼語，走下車。

司機默默行了一禮，目送我離去。我用眼神代替點頭，向他致謝，穿過家門。

習慣這種東西真可怕。

司機的存在、異常遼闊的宅邸、縣議員及公司的工作、新的姓氏，起初都令我深感困惑。

歸根究柢，也是因為這種生活本來與我無緣。我並沒有打算從政或經營公司，只是妻子家碰巧是這樣的世家。

現在女性政治家雖然變多了，當時的政治家還是男性占絕大多數，妻子家希望我入贅繼承家業。

我家也不是需要有人繼承家業的顯赫家族，對方說這是結婚的條件，我二話不說就答應了，僅此而已。

要去更換駕照、銀行帳戶等各種文件固然麻煩，其實也只有這些東西要處理，於是我不知不覺成了雪之下家的人。

報上新的姓氏，繼承岳父的職位及地盤，還生了兩個女兒。

埋頭工作的過程中，也習慣了議員和社長的頭銜，如今產生了這就是我的日常生活的自覺。

不過，丈夫及父親的身分，我至今仍然無法習慣。

從結婚時算到現在，應該有二十年以上的經驗，但要我挺起胸膛說自己有把該做的事做好，還是有點沒自信。兩位女兒正值青春期就更不用說了。

陽乃和雪乃。

兩位女兒很像妻子，成長得既美麗又聰明，正因如此，身為她們的父親有時會擔心。她們會不會因為才貌雙全的關係招人嫉妒、雪之下家會不會成為沉重的負擔、會不會因為太可愛的關係有奇怪的蟲子靠近她們……

擔憂的種子如同沙灘上的細沙，數都數不清，可是我不敢對她們說三道四，如果又被用不耐煩的眼神看待，我會難過，因此我到現在還沒辦法跟兩位女兒聊太深入的話題。

父親雖然不怎麼可靠，母親卻嚴格又溫柔地為她們灌注滿滿的愛。而她嚴格的

處事態度，矛頭第一個指向的是我，而不是女兒。至於有多嚴格，差不多和現在的股市一樣。會不會太嚴格了？（註26）

繼承了雪之下家的家業的那一刻起，比起早早就決定退休享福的岳父，妻子對我的工作批評得更加嚴厲。託她的福，我變得可以獨當一面，代價是當時的我會不敢回家。不對，現在也有點害怕。

我在踏進家門前將神經繃得比工作時還要緊，打開門。門後，妻子已經站在玄關的臺階上等待我。

「你回來了。」

身穿和服，將頭髮綁得整整齊齊的妻子，帶著平靜的笑容緩緩鞠躬。那抹柔和的微笑跟我初識她的時候一模一樣，不，比當時更加美麗。

「嗯，我回來了。」

她伸手想幫我拿外套和公事包，我嘴上道著謝，卻輕輕搖頭拒絕。我原本就是極其平凡的中產家庭出身，對於這種特地來迎接我的行為和大和撫子般的舉動沒有免疫力。過了二十年以上還是一樣。

不過，妻子並未放下伸向我的手，默默微笑。

註26　日文的「嚴格（厳しい）」另有嚴峻、嚴重之意。

我輸給那「在你把東西交出來之前，我會一直維持這姿勢喔」的堅定意志，只將懷裡的公事包遞給她，她才終於退讓。

我其實不是討厭給她拿公事包，她的貼心之舉總是讓我很高興，但這是從新婚時期養成的習慣，沒辦法。儘管現在我的公事包不會裝什麼東西，也經常兩手空空地出門，年輕時期可是因為背負著期待、責任、幹勁的關係，公事包沉甸甸的。隨著時間經過，我開始將各種東西託付給她，卻因為覺得不能再讓她背負多餘的負擔，至今依然自己拿公事包。

哎，簡單地說就是，想幫我拿東西的妻子和想自己拿東西的我，都一樣頑固。

我邊想邊看著妻子靜靜走在從玄關延伸出去的長廊上，下意識露出淡淡的苦笑。這時，妻子回頭看了我一眼。

「今天陽乃也回來了喔。」

「這樣啊，真稀奇。」

直到前陣子都還是一個人住的次女回來了，接著輪到長女搬出去住。我也因為工作的關係經常不在家，所以上一次全家人齊聚一堂，是新年的時候。久違的家族團聚的預感，使我加快腳步，妻子的步伐則跟我形成對比，變得有點沉重。

「也不能這麼說，那孩子常常回來。」

妻子用纖細修長的手指按住太陽穴，彷彿在為此感到頭痛，嘆出一口分不清是無奈還是疲憊的氣。

「不曉得她到底有沒有打算搬出去……」

「……這也挺稀奇的。」

聽見這句話，妻子疑惑地歪過頭。這孩子氣的動作及表情，從我認識她的時候就沒變過。

妻子對陽乃抱持期待，因此經常對她嚴格以待。陽乃雖然有不耐煩的跡象，卻甘於接受，或許是出於長女的責任感。

然而，從妻子的語氣聽來，兩人的關係似乎產生了些許變化。

若是之前，妻子八成會反對陽乃出去住。現在僅僅是因為她是自己住在我們家的公寓才同意。但剛剛那句話，可以視為她允許陽乃未來可以搬出去。妻子這種態度果然很罕見。

看來在我不知道的時候，她跟陽乃之間發生了什麼事……我邊想邊解開領帶，正好經過客廳。

走進寢室前，我偷看了一下客廳的情況，雪乃和陽乃沒在說話，只是坐在沙發上各自消磨時間。

陽乃單手拿著威士忌杯看電視，開心地咯咯大笑。雪乃則斜斜坐著，拿著茶杯看文庫本。不過，她偶爾會像想到什麼似的拿起手機，露出溫和的笑容，雀躍地打起字來。

這也挺稀奇的。還以為雪乃只會在看《岩合光昭的貓步走世界》的時候，才會露出這種表情。是在社群網站上看到了貓咪影片嗎？不對，這樣的話那略顯嬌羞地擺動雙腿，把臉埋進抱枕的行為太不自然。再說，雪乃在家把手機放在身邊就已經稱得上稀奇。除此之外，她做出那種詭異的舉動，陽乃卻沒有調侃她，而是一副這樣很正常的態度視而不見，同樣極度不自然。

愈想愈疑惑。我一步步爬上寢室所在的二樓，想像在這個過程中逐漸成形。

在抵達寢室的同時，不小心想到了答案。

……不會吧——我正準備開口，幫我把外套掛進衣櫥的妻子卻率先說道：

「對了，她們兩個好像有話跟你說……」

我瞬間有股不祥的預感。

剛才雪乃的行為，再加上還要特地跟我說，內容自然有限。

「……我換好衣服就馬上過去。」

我拚命控制住快要打顫的聲音，努力故作鎮定。可是，妻子似乎看穿了我自作聰明的拙劣演技，輕笑出聲。

「嗯，那我先去泡茶。」

我看著妻子先行走出寢室，慢慢開始更衣。

理應已經穿習慣的西裝，此刻變得異常沉重。

× × ×

我慢吞吞地花了一堆時間換好居家服，彷彿要一層一層檢查樓梯，慢吞吞地下樓。

非得花這麼多時間，才有辦法做好覺悟。

畢竟至今以來，我從來沒跟女兒聊過戀愛話題。那兩個孩子外表美麗個性又可愛，想必受到許多異性的關注。然而，聰明的她們知道自己外貌出眾，巧妙地應付追求者。

更重要的是，她們有葉山家的隼人這個青梅竹馬。隼人從小就深受男女老少的歡迎，周遭的大人也對他評價很高，只要親眼看過他，一般的男生應該根本不會被放在眼裡。我都有點同情被拿來跟他比較的諸位男性了。

不，等一下？也有可能就是要跟我講隼人的事。

我們家從上一代就跟葉山先生家很熟，我和妻子對隼人的印象也很好。如果女兒要跟誰交往，最佳人選就是他。身為父親感覺雖然很複雜，假如萬一倘若他跟我女兒在一起，我大概也不是不能說我不排斥。嗯。

簡單地說，我其實不太想聽那方面的事。然而，女兒都說有話要跟我說了，我也不好意思拒絕。正因為我明白自己是個不夠格的父親，才想盡力實現女兒的要求。

情緒愈來愈低落，我的腳步聲也變得愈來愈輕。連轉開客廳門把的時候，都沒發出半點聲音。

我懷著憂鬱的心情打開客廳的門，紅茶的香氣撲鼻而來。以晚茶來說雖然有點晚，妻子和兩位女兒依然在一同品茶。

「都跟我們一起吃過飯了，接下來果然該輪到爸爸了吧？」

「絕對不要……不如說，他絕對不會願意。」

陽乃整個人陷進皮革沙發裡，把茶點扔進嘴巴，說了耐人尋味的話。疑似談話對象的雪乃則用指尖拿起茶杯，眉頭緊皺喝著紅茶。

「剛開始都是這樣。妳爸爸也是，起初非常不甘願。不過，要如何巧妙地引誘……」

話講到一半，妻子發現我像亡靈一樣站在門旁，便將後半句話吞回去，往空茶杯裡倒紅茶。

陽乃和雪乃也轉頭望向我，大概是因為妻子的動作而注意到了。

「啊，你回來了──」

「你回來了……」

陽乃語氣輕快，雪乃則尷尬地跟我打招呼。很久沒有全家聚在一起，我下意識吁出一口安心的氣。

「……嗯，我回來了。」

我端起妻子為我泡的紅茶，同樣坐到沙發上。用了很久的皮沙發，變得一坐下去就會慢慢凹陷，將我溫柔包覆住。或許家人也是這樣。起初僵硬又緊繃，經過長久的時間仔細保養，最後就能完美融合。呵呵，幸好我每晚都把它擦得亮晶晶的……

我暗自竊喜，正在享用茶點的陽乃配紅茶把它吞下去，繼續剛才的對話。

「……哎，我能理解他不想，可是總不能拖太久吧。乾脆直接製造既成事實逼死他會不會比較快？反正那孩子又逃不了。」

突如其來的詞彙害我差點從沙發上滑下去。呵呵，看來我每晚擦沙發擦過頭了……呵呵，好滑喔。呵呵，拜其所賜，「那孩子」、「既成事實」這些詞彙也順利從我的耳朵滑出去。呵呵，幸好我每晚都把它擦得亮晶晶的……

我打起精神，重新坐好，妻子彷彿算準了這個時機，手指抵在嘴邊做出沉思的動作。

「也要視既成事實的種類而定。再多深入瞭解他一下，對妳們也比較好。得調查得更詳細，確定他未來有一定的發展性再說……」

「這樣小心他被其他人搶走喔。對不對？」

陽乃對旁邊露出帶有調侃意味的笑容，雪乃噘起嘴巴，不悅地回望她。然而，妻子的眼神卻比她更加銳利。

「……不是不可能。尤其是那兩個孩子。」

「啊——那兩個人呀——」

「我覺得不會……」

雪乃慌張地開口打圓場。但雪乃自己好像也對這句話沒自信，「唔唔」低頭陷入沉思。

看到雪乃這樣，妻子跟陽乃都揚起嘴角。像在表示自己看見了令人會心一笑的畫面。

我也一樣面帶微笑，內心卻焦慮不安。從剛剛到現在，我就從對話的各個地方感覺到危險的氣息。

我小口喝著紅茶，看準對話中斷的瞬間，緩緩開口。

「妳們在說什麼？」

「不、不知道……」

雪乃別過頭。哎呀，好久沒看見這麼孩子氣的反應。我兩個女兒都很可愛，今天卻特別可愛。我老婆？我老婆無時無刻都很可愛。

不過，多虧雪乃做出這麼可愛的反應，我不祥的預感幾乎轉為確信。

事已至此，我也不得不做好覺悟。

「……對了，媽媽說妳們有話跟我說。」

我維持著父親的威嚴，沉穩地詢問，靜靜放下茶杯。客廳迎來瞬間的靜寂。

……本來應該要是這樣的，神奇的是，茶杯和杯碟卻在我手邊發出喀嚓聲。

啊啊，不要……我不想聽……

我不敢直視雪乃的臉，緊盯著泛起波紋的紅茶。

這時，有人輕輕清了下嗓子。

我抬起頭，開口的是陽乃。

「關於那件事……我會回家住一段時間。」

她輕描淡寫地說，我忍不住露出笑容。

「怎麼？厭倦獨居生活了？」

什麼嘛——有話跟我說的原來是陽乃。什麼嘛——太好了，爸爸放心了。我的語氣中帶著笑意，陽乃卻像在思考似的輕聲沉吟。

「也沒有，只是有點事想做。」

我瞄了妻子一眼，她優雅地幫我倒了杯新紅茶。看她沒有意見，妻子應該也知道陽乃要回來住了。

既然如此，我也沒什麼話好說。不如說，考慮到陽乃以前過著違反門禁是家常便飯、未經許可就在外過夜的生活，反而該歡迎她回家住。不，不只歡迎。是熱烈歡迎光臨全家便利商店。

「雖然不知道妳想做什麼……妳愛怎麼做就怎麼做吧。」

「嗯，我會的。我也想準備留學的事。」

我差點噴出嘴巴裡的紅茶。不如說已經噴出來了。

「留、留學!?」

紅茶像吐出來的血一樣從嘴角流出，滴滴答答滴到矮桌上。雪乃遞出衛生紙盒，陽乃抽了兩、三張迅速將桌子擦乾淨，接著把衛生紙揉成一團，扔進垃圾桶，面向我歪過頭。

「我沒說嗎？」

「沒有呢……」

我一臉疑惑，順便望向妻子。妻子卻毫不驚訝，優雅地喝著茶。

「我是反對的喔。」

她看都不看我一眼，若無其事地小聲說道。流露出一絲交給我判斷的言外之意。

從她的語氣推測，妻子和陽乃應該已經爭論過。在這個基礎上交給我下達最終判斷……

嗯……以前的話，通常是妻子的意見是絕對的，陽乃雖然不願接受，還是會以自己的方式找到妥協點乖乖聽話。不過現在看來，妻子似乎也在尊重陽乃的意見。

好吧，陽乃也二十歲了。差不多該把她當成一位大人對待，而不是只會嘮嘮叨叨。八成是因為這樣，妻子才沒有劈頭就反對，而是給我們一個談話的機會。

可是，不管到了幾歲，女兒就是女兒。父親就是父親。不會改變。此乃不變的真理。

好——爸爸要盧她一下囉。因為我是希望女兒待在家的類型。

我試著做出些微的抵抗。

「妳之前不就到國外唸過語言學校了？沒必要現在去吧……」

兩位女兒曾經去國外留學過。她們是歸國子女，所以選了有教國際教養的高中。如果是為了學外文，沒必要再去留學吧？待在家裡啦……我正準備說下去，陽乃笑了笑，打斷我說話。

「是沒錯，但我這次打算去久一點。我想學習更專業的知識，可以的話想去個一年。」

陽乃隨口說道，彷彿這已經是決定事項。這種說法真的很像妻子。這樣的話，我的反對不可能被聽進去，只能愁眉苦臉地點頭。

「……是、是嗎？嗯……呃，不過，錢啊……」

若要為她準備能專注在課業上的穩定環境，得花上數百萬日圓。實在不是隨便就能拿出來的金額。

不，既然是為了女兒，也不是不能想辦法，但比起金錢方面，我的心情更加難受。因為時間可是長達一年喔？還是到國外喔？爸爸會擔心啦。而且又是陽乃。絕對會出問題。

陽乃是會直接把事情鬧大的類型。雪乃則經常在不知不覺間陷入進退兩難的狀況。也就是說，她們倆都容易出問題。我妻子？我妻子別說出問題了，她更容易造成別人的心靈創傷（註27）。

我支支吾吾，面有難色，陽乃大概是失去耐性了，滿不在乎地說：

「把公寓賣掉不就得了？」

「那是爸爸的房子……」

「不過是登記在我名下。」

妻子彷彿在問我「你該不會忘了吧？」迅速補了一刀。對喔，買房時我們一起商量後決定的。我笑著轉頭望向妻子，表示「我知道，我當然記得」，陽乃趁機順口補充一句：

註27「問題（Toraburu）」與「心靈創傷（Torauma）」日文音近。

「可是，遲早會變成我的房子呀。」

「嗯、嗯，或許吧……」

她講得一副理所當然的樣子，態度過於坦蕩，所以我也無法否認。的確有可能給妳繼承，但我們家的女兒不只有妳一個啊……

我悶悶不樂地心想，這時，另一位繼承人謹慎地舉起手。

「姊姊要回來住的話，我想搬進去……」

雪乃像在觀察氣氛般，戰戰兢兢地說，陽乃一臉驚訝。

「咦，是嗎？」

我的表情大概也跟她一樣。咦，是嗎？為什麼？留在家裡啦。拜託啦。好不容易回來了……

我努力將怨言吞回口中，維持父親的威嚴咳了一聲。

「雪乃想跟我說的是這件事嗎？」

妻子剛才是說「她們兩個有話跟你說」。既然如此，雪乃應該也有事想跟我商量。

「嗯、嗯……這件事也包含在內……不過不只這個……」

然而，雪乃的答覆有點含糊不清。

她平常是個有話直說的孩子，因此我對這個反應有點疑惑，緊盯著她，雪乃低下頭，似乎難以啟齒。

她的嘴巴動來動去，好像想說些什麼，卻沒將其轉化成明確的話語。我默默等待她整理好思緒，不久後，雪乃慢慢抬起視線，自言自語似的咕噥道：

「…………不行嗎？」

當然可以！有什麼問題！只要是雪乃的願望，爸爸統統願意為妳實現！我故作鎮定，將差點放聲吶喊出來的話吞回去。

「嗯，目前也沒計畫要用到……」

我邊說邊斜眼偷瞄妻子，她也沒有反對的意思。代表這也該由我下達判斷吧。

「……隨便妳。」

我在千鈞一髮之際拿出父親的威嚴，大方地點頭。雪乃臉上瞬間綻放笑容。

「謝謝。」

能看到這抹笑容，一間公寓根本不算什麼。雖然把它租給人的話，可以租到不錯的價格，雪乃的笑容遠比那種東西有價值。女兒的笑容，無價。

事實上，雪乃鮮少提出要求。有事拜託我和妻子的時候，她會井井有條地說明理由。因此要是她像現在這樣無緣無故提出要求，我根本無法抵抗。

儘管方法不同，雪乃跟陽乃都很擅長拜託我。會害我不禁覺得為了可愛的女兒，赴湯蹈火在所不辭。我妻子？我妻子當然也會讓我覺得赴湯蹈火在所不辭。她總是在把事情辦好後特地告訴我「我買了一間公寓」、「我把名義轉到我名下了」、「存定存也賺不了多少錢，所以我拿去買美債囉」，這部分挺可愛的，所以可以說非常可愛。愈可愛就愈可怕。

可是雪乃好不容易願意回家住，這麼快又要搬出去了嗎？好寂寞……我垂下肩膀，陽乃在同時歪過頭。

「雪乃，妳沒必要回那邊住吧？」

我點頭贊同。沒必要回去住吧？沒必要吧？住家裡就行了吧？住家裡嘛。爸爸希望妳住家裡……

「住那邊上學比較方便。我本來就是因為這個原因才出去住……」

雪乃嘆著氣說道，事實卻並非如此。

說起來，雪乃是在入學後才決定住進那間公寓的。不是因為一開始就追求便利性才獨自搬出去。

上學變方便是結果才對，因和果是相反的。

雪乃之所以一個人住，最大的原因在於入學前的交通事故。值得慶幸的是雪乃沒有受傷，不過應該還是對她的精神造成了一些衝擊。由於必須跟受害者道歉及善後，我和妻子都有點忙不過來，便建議她自己搬出去住，也能遠離那些紛紛擾擾。

當時的雪乃有點神經過敏，想讓她和關係不佳的陽乃保持距離也是理由之一。

在我心中，雪乃是個纖細的孩子。

當然不代表陽乃就不纖細。陽乃也很纖細，但性質跟方向不同。陽乃是玻璃藝術品般的纖細，一旦碎裂，碎片就會刺傷碰到她的人。雪乃則帶有一碰到就會消失的夢幻感。

我妻子？我妻子當然也很纖細。至於其性質及方向，打個比方，就是碰到她的人即死的危險物。對待她需要相當纖細（可以的話最好要有處理危險物品的證照），不得不說她是位非常纖細的女性。

問題是纖細的她們，有會隨便互相傷害的傾向。

現在，陽乃也帶著有如柴郡貓的笑容，靠在雪乃身上不停鬧她。

「從我們家過去也沒多遠吧~真的只是因為這樣——？」

「沒其他理由了吧。不過學校明明離家那麼近，卻不怎麼去上課的人，應該不會明白就是了。」

雪乃將往她身上靠的陽乃推回去，順便回嘴。

這時，一直置身事外，優雅地喝著紅茶的妻子，忽然停止動作。

「陽乃……妳沒去上課嗎？」

她慢慢放下茶杯，以冰冷至極的聲音低聲說道。臉上依然掛著柔和的笑容，顯得更加恐怖。本以為就算是陽乃大概也逃不過這一劫，她卻像要打馬虎眼似的，大口喝下紅茶，很快地解釋道：

「無所謂吧，我從來沒被當過呀。」

雪乃或許是判斷這是個好機會，笑著追擊。

「哎呀？那麼常來管我們的事，竟然還沒被當過……不愧是偉大的姊姊。」

「反、反正又不會被留級！」

陽乃連忙跟我和妻子辯解。不會被留級，反過來說就是只有取得最低學分數嗎……

算了，陽乃是聰明的孩子，學業方面我不怎麼擔心她。但那僅僅是我的意見，妻子似乎不這麼認為。她溫柔地呼喚陽乃的名字。

「陽乃……妳給我算一次大學的課一堂要多少錢。」

妻子頭痛地用手指抵著太陽穴，深深嘆息。然後對陽乃投以冰冷的目光。

陽乃「唔！」一瞬間語塞。雪乃在旁邊愉快地挺起胸膛。

面對二對一的不利局面，陽乃噘起嘴巴望向我求助。

但不好意思，我也有同樣的經驗，因此一句話都說不出來。

很久以前，我被唸過一模一樣的話。

她跟現在一樣，以尖酸刻薄的語氣及冰冷的目光，訓了大白天就窩在瀰漫煙味的麻將館的我一頓。

回想起當時的畫面，我忽然想起二十年前戒掉的香菸的氣味。當時香菸的價格只有現在的一半左右，我一天會抽掉一包，不過陽乃出生後就戒掉了。

「……哎，蹺課要適可而止。」

我苦笑著說，妻子冷冷瞥了我一眼。可是跟學生時期那令人結凍的眼神比起來溫暖了一些，不枉我跟她相處了二十年以上。

本以為我講的話挺中立的，陽乃卻不悅地嘟嘴，鼓起臉頰別過頭。坐在旁邊的雪乃則得意地撥了下頭髮，為勝利而驕傲。

好久沒看見雪乃贏過陽乃了。

然而，敵人也並非簡單人物。

陽乃好像想到什麼，張開緊閉的嘴巴，然後揚起嘴角。飽滿的雙唇勾勒出弧線。那遺傳自母親的殘虐微笑，從客觀角度來看還是很美。不過母親隨著年紀增長，變得會打開扇子來掩飾，應該是想努力維持撲克臉，陽乃卻依然會故意展現給別人看，藉此威嚇對方。

看見那壓迫感十足的微笑，雪乃自然也戒備起來。或者有可能是給對方時間戒備的陽乃特有的溫柔。

兩個女兒都是本性溫柔的孩子。我妻子？我妻子當然溫柔囉。沒有原因，我也完全舉不出具體案例，但我不得不說她溫柔。沒啦，她很溫柔喔？真的真的。

「啊，對喔……」

陽乃奸笑著喃喃說道，又往旁邊靠過去，手指捲起一綹雪乃的黑色長髮，然後用那根手指戳雪乃的臉頰。

「畢竟住家裡就不能隨便叫那孩子來了。」

「什──」

雪乃的背瞬間抖了一下，直接僵住。我也整個人僵住了。咦，等等。等等等等我撐不住好痛苦等等。

不行喔，不可以，爸爸不准喔。把那傢伙的姓名住址跟身分證字號告訴我。順便幫我準備一下稻草人和大釘子，我會用鐵鎚直接攻擊他。

我很想嚴厲地這麼說，然而因為打擊過大，我只能像金魚一樣嘴巴一開一合。

冷靜，冷靜點。先喝口紅茶，再去找鐵鎚。

我和雪乃幾乎在同一時間端起杯子喝紅茶。雪乃吐出一大口氣後，滔滔不絕地說：

「嗯、嗯，是啊。住家裡的話，由比濱同學確實就不能隨便來過夜了。不過，那不是原因。事實上，有時候也會由我去她家過夜，我純粹是因為上學比較方便才想住那間公寓。」

語畢，雪乃喘著氣，緩緩將空空如也的茶杯放到杯碟上。妻子馬上為她重新倒了一杯茶。

她性格太直率，太不會騙人了……

但故作無知也是父母的職責。

再說，逐一確認女兒的交友關係未免太過度干涉。從雪乃的語氣判斷，那位由比濱同學似乎是女性朋友，感情好到會去彼此家玩，平常就走得很近。交友圈不怎麼廣的雪乃交到能讓她這麼信賴的朋友，反而該高興。

我設法安撫自己，坐在對面的陽乃卻愉快地咯咯笑著。她一把摟過雪乃，臉湊到她耳邊，故意用我們也聽得見的音量呢喃。

「不是啦，我不是在說比濱妹妹。」

「姊姊不要說話。閉嘴。」

雪乃轉過頭，用雙手按住陽乃的嘴角。陽乃的臉頰被揉成一團，像隻做了壞事的狗。

好久沒看見她們嬉戲了。

我沉浸在感慨中，一直無奈地旁觀的妻子慢慢開口。

「妳們都給我住手。」

她一用平靜的聲音說道，雪乃便不甘不願放下雙手，陽乃也鬆開摟著雪乃肩膀的手。

等兩人終於準備好聽她說話，妻子盯著雪乃。

「包含那種事情在內，最好都要謹慎處理。妳該做個了斷。」

妻子的語氣不是過去那溫柔寵溺、彷彿在勸導人的語氣，而是轉為說服人的語氣。

「……那樣，絕對會被討厭。」

雪乃輕咬下脣，用比平常隨便一些的措辭接著說道。那稚嫩的講話方式，讓我想到小時候的她。

「而且，萬一他覺得我很難搞、給人很大的壓力……我會很傷腦筋。」

她垂下頭，眼中充滿困惑、恐懼，或是思慕之情，感覺隨時會傾瀉而出。

竟敢讓我女兒露出這種表情……雖然不知道你小子是誰，我要殺了你……

我用力握緊放在大腿上的雙手，手被人用扇子敲了下。我反射性望向旁邊，妻子微微搖頭。

不行不行，差點露出本性。我反省過去後，發誓要當個沉默寡言的好父親、好丈夫。

身為她的父親，該對哀傷地垂著頭的女兒說些什麼？在我思考之時，我還沒開口，陽乃就有動作了。

陽乃說著「對不起喔，一直逗妳」，輕拍雪乃的頭安撫她。

「不用擔心吧。這點小事他也明白。不如說，妳本來就給人超大的壓力超難搞的。」

雪乃的頭被亂揉一通，別過臉。接著害羞地咕噥道：

「姊姊沒資格說我……妳也很難搞……」

真是。自己去鬧人家，事後又特地安慰她，這種愛情表現未免太扭曲了。到底是像誰呢。我苦笑著守望兩位愛女，陽乃瞇眼瞪著雪乃，伸手戳她臉頰。

「比那孩子好——他可是會在別人從城外包圍他的時候，在城內挖地道逃走的類型。就算找他來，他也會用各種手段四處逃避吧？」

「……嗯，大概。」

雪乃嘆出一口分不清是放心還是無奈的氣。

這時，妻子「啪」一聲敲了下扇子，滿意地點頭。

「那就只能把他逃跑的手段統統封住了。」

滿面笑容，甚至可以說是心情愉悅的妻子明明語氣輕快，我的背脊卻爬上一股寒意。

不只是因為她的說法很可怕，也不只是因為她說著這麼可怕的臺詞，兩眼卻閃閃發光。

應該是因為我對那個感覺有印象，才會不寒而慄。超過二十年前嘗過的獵物被逼入絕境的感覺浮現腦海。

這種極度私人的感覺不可能有辦法跟他人共享。事實上，雪乃正納悶地歪過頭，大概是還不明白妻子想表達的意思。

「……是嗎？那得先堵住雪乃的後路才行。」

「什麼？咦，等一下，姊姊。妳想做什麼？我不知道妳想做什麼不過絕對不會是好事所以拜託不要。」

陽乃忽然扔出這句話，導致雪乃更加困惑。她不安地抓住陽乃的手。然而，陽乃說著「乖啦乖啦」制住雪乃，露出燦爛的笑容轉頭望向我。

「欸，爸。雪乃說想讓你見一個人。」

「……咦？」

雪乃張大嘴巴，當場愣住。接著大概是理解陽乃的意思了，臉頰逐漸泛起紅潮。剛才是因為我一直都被排除在外，才有辦法在她們提到那方面的話題時，依然能充耳不聞。不過，她都直接點名我了，我實在無法裝作沒聽見。我挺直背脊，凝視雪乃的雙眼。

「雪乃……是嗎？」

「咦，這，不，沒有……」

她一下揮手，一下不停用那隻手整理瀏海、往臉上搧風、梳理頭髮，靜不下來。

「雪乃。」

可是，妻子以沉穩的聲音呼喚她，雪乃便放下手來。低著頭掩飾紅通通的臉頰，不久後似乎放棄掙扎了，做了個深呼吸，像在竊竊私語般以細微的聲音說道：

「呃……那個，我和他都不太習慣那種場面。不擅長應對，也不喜歡，所以，大概得等很久……不是現在……」

她嬌羞地別過臉，不時偷偷觀察我的臉色，然後又立刻將視線移開，斷斷續續地說。

我只能默默傾聽。如此認真、慎重，留意著絕對不能說錯話，誠懇地向我訴說的女兒，又有誰忍心打斷她說話呢。

「總有一天，我會，跟爸爸……介紹。」

更重要的是，看見她那麼開心、靦腆的微笑，不可能有辦法拒絕。

「嗯……噢，是嗎……」

我感到一陣鼻酸。呼出來的氣息帶著感傷，異常沉重。

女兒出生時，我就知道總有一天會來臨的這一刻，來得比想像中還快，並且毫無徵兆。

如果不講點話，我八成會一直嘆氣。那樣實在太難堪了，因此我決定先點頭，講些聽起來像人話的話。

「這樣啊，嗯，我知道了……不過這段時間我也有事要忙，等事情處理完……然後，嗯，到時再說……」

沒錯。到時我也能慢慢習慣吧。習慣女兒要離開身邊。

所以，希望這段時間可以再持續一下……

我才剛這麼想，妻子就「喀嚓」合上扇子，擅自做出決定。

「是啊。六月中旬的話就有空了，訂在那時候吧。」

「為什麼是由妳決定……」

我用顫抖著的聲音詢問，微微泛淚的雙眼看見妻子露出微笑。

「不這樣的話你會逃走。得先下手為強。」

熠熠生輝、目光筆直的雙眼，如同墜入愛河的少女、準備出門約會的少女，從我認識她的時候就沒變過，至今依然美麗又惹人憐愛。

都過了二十幾年，我還是不覺得自己敵得過那抹離純潔無垢相去甚遠，隱隱透出可愛心機的小惡魔般的誘人笑容。

我目瞪口呆，眼角餘光瞥見陽乃在跟雪乃講悄悄話。

「雪乃，就是要那樣。」

「受教了……」

看見雪乃不停點頭，我默默同情起尚未見過面的他。

總有一天，他也會跟我一樣被逼入絕境，淪落到束手無策的狀態吧。甚至連嘴巴都動不了。

現在，雪之下家的三女神把我晾在一旁，想像著不久後的邂逅，隨心所欲地聊著天。

「但用正常的方式邀請他，那孩子八成不會來。」

「如果能製造一個契機就好了……」

陽乃邊說邊將酒倒進威士忌杯，雪乃把手抵在柔軟的脣上，陷入沉思。從她眉間的皺紋看來，這個問題似乎挺困擾她的，妻子卻輕輕打開扇子，立刻說出答案。

「契機呀……原來如此。若是舞會之類的活動，我和爸爸都有可能自然地跟他扯上關係。」

「嗯。只要拿工作當藉口，那個人大部分的事都會接受。」

雪乃無奈卻略顯驕傲地提到那個人，妻子把手放在臉頰上，高興地笑了。

「哎呀，真是好消息。是個理想的勞動力。」

「是說，最好換個時期吧？通常都會因為要考試的關係，沒空處理其他事。那傢伙可是會拿考試當藉口，說出『為了我們好，最好先保持一段距離』這種噁心臺詞的類型喔。」

陽乃大笑著說，雪乃臉上卻完全沒有笑容。

「他真的有可能講那種話，傷腦筋……」

「不然就是由雪乃說出口。」

陽乃毫不客氣爆笑出聲，雪乃明顯不太高興。妻子看著兩人，露出柔和的笑容。

「說得也是……他的成績如何？妳有聽說他要考哪所大學嗎？」

「嗯、嗯……大概會跟我考同一間……」

在妻子的逼問下，雪乃不知所措地回答，陽乃拿這當下酒菜，晃著威士忌杯愉悅地扔出一句：

「不同的大學……新的邂逅……偶然的重逢……前途堪憂啊。」

「姊姊妳閉嘴。」

我不顧又要吵起架來的兩人，默默離開客廳。

再繼續聽這幾個小女生聊天，對我的心臟不好。用不著我多說，我老婆當然也年輕得可以用小女生稱之。

離開前，我望向壁鐘，離深夜還有一段時間。現在店應該還開著。

很久沒有想一個人喝酒了。

跟從寢室下來的時候不同，我踏著變輕一些的步伐走上二樓。趕快換好衣服，去我常去的那間酒吧吧。

我從衣櫃裡拿出妻子幫我掛好的外套，迅速穿上，躡手躡腳走到玄關。回家時我一定會喝到站不穩。

我靜靜關上門，慎重地走在石頭地上，以免踩到鋪在地上的小圓石。

穿過大門，櫻花在皎潔的月光下紛紛飄落。

男人踏出家門就會多出七個敵人。

企圖將愛女從父親手中奪走的我的仇敵。

即將與我一同和女神們對峙的我的強敵。

——看來今天，我的敵人又多了一個。

完

Author's Profile

天津向
Mukai Tenshin

搞笑藝人、作家。著作有《芸人ディスティネーション》、《クズと天使の二周目生活》等等。

石川博品
Hiroshi Ishikawa

作家。著作有《割耳奈露莉》、《夏日時分的吸血鬼》、《先生とそのお布団》、《在海邊醫院對她說過的那些故事》等等。

水澤夢
Yume Mizusawa

作家。著作有《我，要成為雙馬尾》、《4 cours after 四季之後》、《SSSS.GRIDMAN NOVELIZATIONS》等等。

相樂總
Sou Sagara

作家。著作有《變態王子與不笑貓》、《怕寂寞的蘿莉吸血鬼》、《教え子に脅迫されるのは犯罪ですか?》等等。

裕時悠示

Yuji Yuji

作家。著作有《舞星灑落的雷涅席庫爾》、《我女友與青梅竹馬的慘烈修羅場》、《29與JK》等等。

渡航

Wataru Watari

作家。著作有《あやかしがたり》、《果然我的青春戀愛喜劇搞錯了。》等等。另外在《Project QUALIDEA》計畫中，負責撰寫作品及動畫版腳本。

後記（石川博品）

男人的內褲果然最棒了。

要我先推薦一件的話，就是GUNZE家的BODY WILD系列立體成型四角褲。縫線少、彈性高、透氣性佳，完美無缺。一千日圓這個價格甚至能跟UNIQLO拚。先發名單以它為中心，肯定不會有錯。硬要說缺點的話，就是基本上沒有花紋，喜歡鮮豔內褲的人不會愛，囊袋部分也只有一塊布，所以那話兒容易歪掉，這點令人不安。

UNIQLO的四角褲太緊，我不喜歡（這兩、三年的款式我就不知道了）。

最近BODY WILD出的AIRZ系列，合身感根本是異次元等級，穿起來只能用「好色」形容。只不過，可能是因為原料包含嫘縈，感覺會稍悶。只要解決這個問題，應該會是款站在內褲界頂點的好內褲。

瑞典品牌的FRANK DANDY以時尚的花色為賣點。囊袋沒什麼立體感，而是橫向展開，製造出空間感。或許只有我買的內褲會出現這種情況，不過縫在腰間鬆緊帶上的標籤太刺了，我乾脆直接把它剪掉。整體上來說CP值偏低……的感覺。

聽說ANDREW CHRISTIAN的四角褲囊袋部分頗有解放感，因此我買來穿過，與其說解放感，外觀更接近Q彈的感覺。我納悶著這到底是怎麼一回事，上官方網站一看，發現有賣「顯大」的內褲、只有臀部開了個洞的內褲、只遮得住乳頭的坦克背心等等，理解了一切。推薦給想在更衣室獨占眾人目光的人。

我的興趣是徒步旅行，因此也有在關注戶外系的底衫。最喜歡的是Phenix的四角褲（型號忘了）。網狀布料透氣性超好。觸感也滑滑的。這是我的決勝內褲，在Comike看到的時候希望大家會覺得「喔，今天他也穿著那件內褲耶」。

我想說穿起來會比四角褲好走路，也買了Montbell的美利諾羊毛三角褲。但它邊緣有點壓迫到鼠蹊部，走起路來怪怪的。很小一件，適合用來當備用內褲。

最近我還買了ICEBREAKER的美利諾羊毛四角褲，明明應該是外國人尺寸，腰圍卻特別緊。我還在考慮要不要拿它投入實戰。

男人的人生就是一段尋找理想內褲的漫長旅程。

是說戶塚不知道穿什麼樣的內褲。

石川博品

後記（相樂總）

從將近九年前看過《果然我的青春戀愛喜劇搞錯了。》第一集的時候開始，我就一直在想。

雪之下雪乃這個女人，到底在想什麼？

比企谷八幡講話雖然經常隱瞞真意，這個故事好歹是從他的視角出發。由比濱結衣一開始就會坦率地吐露情緒。一色伊呂波在某種意義上來說很好懂（※眾說紛紜）。戶塚彩加很可愛。材木座義輝就算了。

可是我覺得，雪之下雪乃那種讓人疑惑「她為什麼會在這個時候講這種話？她是抱持著什麼樣的感情，對八幡那樣說的？」的臺詞，跟其他人比起來稍微多了些。

當然，一切的答案都在作者渡航心中。

不過，難得有機會參加短篇小說集企劃，是不是可以允許我寫出雪乃的一種可能性？有多少讀者的主觀，就有多少雪乃。

我基於這樣的心情，寫了這篇短篇小說。希望大家能懷著「某處說不定有這種思考迴路的雪乃」的想法，對此一笑置之。

順帶一提。

原作裡有提到雪乃應該懂將棋的片段，不過請各位乖寶寶絕對不要去找。在我的世界中，雪乃不懂將棋。

相樂總

後記（天津向）

大家好。我是天津向。感謝各位閱讀《果青短篇小說集》。

竟然有人來問我這種在藝人界角落苟延殘喘的人「要不要參加那個果青的短篇小說集？」他還真敢賭。雖然不知道這場賭局是贏是輸，在那之後我就沒看過那個來找我邀稿的人了。但願他過得好。

這次要寫的是雪乃的短篇小說，從作家陣容來看，我應該是文筆最爛的那個，所以我試著尋找只有我寫得出來的題材，結果就是「漫才」這個類別。

本來是因為這樣的理由才開始寫的，沒想到雪乃和八幡平常的對話就跟漫才有相似之處，我寫得又順又愉快，順利寫到了最後。

我寫的輕小說《クズと天使の二周目生活》的責編看了後，感想是「比平常的クズと天使の二周目生活有趣太多了！」。真不知道他是在誇我還是在嘲諷我。

希望大家也會覺得有趣。謝謝。

天津向

後雙馬尾記（水澤夢）

初次見面的讀者，初次見面，我是水澤夢。

我平常寫的是這本書出版的時候，或許已經完結的雙馬尾的故事。寫雙馬尾故事的時候我都是寫後雙馬尾記，所以這次也是後雙馬尾記。

果青的作者渡航老師是個親切又照顧後輩的人，他對我也很好，因此這次有人來找我寫短篇小說集時，我也給予了「我很樂意！」的答覆。

例如，數年前，我在書店跟渡老師一起辦過簽書會。

當時渡老師在簽名下面寫了留言，對我說「作家（和插畫家不同）沒辦法加上畫，所以簽名時多寫幾句留言，讀者會很高興」，給了我這樣的建議。

以此為契機，我也開始盡量在自己的簽名下面加上搞笑的留言。

我都分享了這麼溫馨的故事，希望各位果青的讀者能對於我在本書裡寫了有點愚蠢的故事一事睜一隻眼閉一隻眼。

水澤夢

後記（裕時悠示）

寫完這篇短篇後，我瀏覽器的廣告充滿「包莖」。

死都不原諒渡航。

長達約九年的戰鬥，真的辛苦了。

裕時悠示

後記（渡航）

各位好，我是渡航。

前陣子，我寫完《果然我的青春戀愛喜劇搞錯了。》第十四集，本以為這樣暫時就不會有寫後記的機會了，結果過沒多久又要再寫一篇。

結束了——！我自由了——！再也沒有人可以阻止我了！當時我還這麼神氣，彷彿是一場夢。

我至今依然在這個地方，寫著那一天的後續。沒錯，在神保町的小學館（註28）……………之前那段時間是假釋吧？

不過，假釋期間我也認真做了許多與《果青》有關的工作，我自己有「不寫不行……」的強烈使命感。在我心中，完全沒有這個故事已經結束的實感，未來的故事和自動浮現腦海的小篇章，一直在心裡打轉。

仔細一想，費時約九年，快要十年了。我和他們跟她們相處了那麼久，不可能

註28　小學館位於東京都的神保町。

因為寫完最後一集就丟下一句「好，再見啦」，不時會忽然產生「那傢伙現在不知道過得如何……」跟想到國中同學一樣的感覺。

我想，未來我大概也會一有機會就思考他們和她們的將來吧。然後每次都會拿起筆，撰寫那一天的後續。

〈於是，新的敵人現身於他面前。〉就是這樣誕生的。

由於這次要出的是短篇小說集，我想說「嗯，這種故事也不錯……」便寫了這篇出來，寫本篇不太常寫到的角色和劇情很愉快，希望還有機會寫這樣的短篇。

啊，沒錯。是啊。這是短篇小說集耶。製作人！是短篇小說集喔！短篇小說集！（註29）

是邀請許多作家、插畫家創作許多果青作品的企劃，之前我不小心把我的幻想「我心目中的最強果青短篇小說集」講出來，結果不小心成真了。

由喜歡的人和崇拜的人幫自己的作品寫短篇小說集，既喜悅又害羞，我的冷汗都流成瀑布了甚至直接失禁。尿出來惹。

這個《果然我的青春戀愛喜劇搞錯了。》短篇小說集，是預計總共會出四集的超荒謬企劃。我喜歡的人還會繼續登場喔！

註29　改編自偶像大師中的角色天海春香的臺詞「製作人，是巨蛋喔！巨蛋！」。

除了雪乃 side 外，結衣 side、allstars、onparade 也請各位多多關照。

以下是謝辭。

石川博品老師、相樂總老師、天津向老師、水澤夢老師、裕時悠示老師。

感謝各位這麼有趣這麼好看的作品。我以一名果青讀者，而非作者的身分看得非常開心。大家都知道這部作品和這個作者難搞得要命，我明白會給各位添許多麻煩，但我很幸福，所以萬事ＯＫ。

うかみ老師、春日步老師、切符老師、ももこ老師。

我懷著新鮮的心情欣賞角色們的美圖。太棒了吧？一張張看下來，我的心靈都被幸福填滿了。根本是合法的某種藥物。真的十分感謝。

ponkan⑧神。

感謝神。封面太讚了，神。雖然快要十年了，希望二十年三十年生病的時候健康的時候，也能繼續跟您合作。請多指教囉！我的夥伴！謝謝！

責編星野大人。

謝謝您為我實現我隨口說出的企劃。謝謝您願意奉陪我這種會提出「出個四本吧！」這個荒謬意見的任性作家，真的是感謝感激暴風雨（註30）。不過短篇小說集和

註30　日本偶像團體「嵐」的歌。

其他各種企劃都還會繼續喔！之後也陪渡航到地獄旅行一趟吧。放心，下次一定能輕鬆搞定啦！呵哈哈！

ＧＡＧＡＧＡ編輯部的各位，以及提供協助的各家出版社。

基於「因為！我喜歡！」這種無厘頭的理由去向各個作家、插畫家邀稿，真的非常感謝您們協助編纂本書。在此向於百忙之中抽空參與本企劃的各位致上深深的謝意。

以及各位讀者。

《果然我的青春戀愛喜劇搞錯了。》完結後，仍然推動了各種企劃，無疑是多虧有大家的支持。今後，果青的世界還會再往前走一段時間，慢慢擴展開來，如果各位願意陪我走完這段路，會是我無上的喜悅。正因為有大家的聲援，這個故事才能繼續下去，沒有結束。因為有你，才有果青的存在！

寫到這邊，篇幅也用完了。我要假裝放下筆桿，去寫下一篇原稿。

接下來讓我們在《果然我的青春戀愛喜劇搞錯了。onparade》見面吧！

二月某日　激動ＭＡＸ睡意ＭＡＸ地喝著ＭＡＸ咖啡

渡航

浮文字

果然我的青春戀愛喜劇搞錯了 短篇小說集(1) 雪乃side
(原名：やはり俺の青春ラブコメはまちがっている。アンソロジー(1) 雪乃side)

作者／渡航 等人　封面插畫／ponkan⑧ 等人　譯者／Runoka
執行長／陳君平　榮譽發行人／黃鎮隆
協理／洪琇菁　國際版權／黃令歡、高子甯、賴瑜姈
執行編輯／石書豪　美術主編／李政儀

出版／城邦文化事業股份有限公司 尖端出版
台北市中山區民生東路二段一四一號十樓
電話：(〇二)二五〇〇七六〇〇 傳真：(〇二)二五〇〇二六八三
E-mail：7novels@mail2.spp.com.tw

發行／英屬蓋曼群島商家庭傳媒股份有限公司城邦分公司 尖端出版
台北市中山區民生東路二段一四一號十樓
電話：(〇二)二五〇〇—七六〇〇(代表號)
傳真：(〇二)二五〇〇—一九七九

中彰投以北經銷／楨彥有限公司(含宜花東)
電話：(〇二)八九一九—三三六九
傳真：(〇二)八九一四—五五二四

雲嘉經銷／智豐圖書股份有限公司 嘉義公司
電話：(〇五)二三三—三八五二
傳真：(〇五)二三三—三八六三

南部經銷／智豐圖書股份有限公司 高雄公司
電話：(〇七)三七三—〇〇七九
傳真：(〇七)三七三—〇〇八七

一代匯集／香港九龍旺角塘尾道六十四號龍駒企業大廈十樓B&D室
電話：(八五二)二七八三—八一〇二
傳真：(八五二)二七八二—一五二九

馬新經銷／城邦(馬新)出版集團 Cite(M)Sdn.Bhd.
E-mail：Cite@cite.com.my

法律顧問／王子文律師 元禾法律事務所
台北市羅斯福路三段三十七號十五樓

二〇二一年四月一版一刷
二〇二四年二月一版五刷

■中文版■

郵購注意事項：
1. 填妥劃撥單資料：帳號：50003021戶名：英屬蓋曼群島商家庭傳媒(股)公司城邦分公司。2. 通信欄內註明訂購書名與冊數。3. 劃撥金額低於500元，請加附掛號郵資50元。如劃撥日起 10～14日，仍未收到書時，請洽劃撥組。劃撥專線TEL：(03) 312-4212 ・ FAX：(03) 322-4621。E-mail：marketing@spp.com.tw

國家圖書館出版品預行編目資料

果然我的青春戀愛喜劇搞錯了anthology. 1 : 雪乃side /
渡航 著 ; Runoka譯 . --初版.
--臺北市：尖端出版, 2021.04　面 ; 公分.--(浮文字)
譯自: やはり俺の青春ラブコメはまちがっている。
アンソロジー : 雪乃side. 1
ISBN 978-957-10-9450-2(平裝)

861.57　　110002414